Claus E. Boetzkes

SCHEINTOT BEGRABEN

CLAUS E. BOETZKES

Scheintot
begraben

VERLAG R. S. SCHULZ

Für Sylvia

Copyright © 1978 by Verlag R. S. Schulz
8136 Percha am Starnberger See, Berger Straße 8 bis 10
8136 Kempfenhausen am Starnberger See, Seehang 4
Nachdruck, auch auszugsweise,
nur mit Genehmigung des Verlages.
Einbandentwurf: Studio Meier-Freiberg
Grundschrift: Garamond-Linotype-Antiqua
ISBN 3-7962-0092-3

»Lebendigen Leibes begraben zu werden, ist fraglos das Schrecklichste, das je dem Sterblichen zum Lose ward. Das solches häufig schon, sehr häufig vorgekommen ist, wird mir wohl kaum ein Denkender bestreiten.«

Edgar Allan Poe, Schriftsteller
1809 bis 1849

»Wir haben im letzten Jahr insgesamt vier Fälle gesehen, bei denen der Tod fehlerhaft festgestellt worden ist. Einer der Fälle hat überlebt. Wenn man diese Frau seinerzeit ins Grab gelegt hätte, dann hätte man damit rechnen müssen, daß sie wieder aufgewacht wäre.«

Prof. Dr. Hans-Joachim Mallach,
Direktor des Instituts für gericht-
liche Medizin, Tübingen, 1978

Den fünften Fall kannte Professor Mallach zu dieser Zeit noch nicht...

Inhaltsverzeichnis

	Seite
Warum ich im Grab überlebte...	9
Plötzlich fing die »Tote« zu atmen an	17
Der »Leichnam« hörte jedes Wort	31
Todeskampf im Sarg	49
Das Lehrfach »Tod« ist nicht gefragt	59
Wie Gift und Kälte Leben retten	71
Das ABC des Scheintods	87
Wochenlang freiwillig im Sarg	109
Der Nierenspender lebte noch	115
»Bitte schneiden Sie meiner Frau die Pulsadern auf«	133
Die Filiale vom Doktor	151
Die Ärztin übersah die Messerstiche	173
Leichenschaugesetze der einzelnen Bundesländer	185

Warum ich im Grab überlebte ...

Der 19jährige Angelo Hays wurde an einem sonnigen Oktobertag des Jahres 1937 bestattet. Acht junge Feuerwehrleute senkten seinen Sarg in die Erde. Eine dreiviertel Stunde nach der Trauerfeier wurde das Grab zugeschaufelt. Das Grab, in dem ein Lebender lag.

Und Angelo Hays lebt noch heute in der Nähe seines Heimatdorfes St. Quentin de Chalais in Frankreich, wo alles passierte. Über Jahrzehnte hinweg blieben ihm die Minuten vor seinem Tod – seinem Scheintod – sehr deutlich im Gedächtnis:

»Nichts hat mir damals soviel Spaß gemacht wie Motorradfahren«, erzählte Hays. An jenem unheilvollen Tag wollte er eine schwere Maschine ausprobieren, die er schrottreif gekauft und wieder instandgesetzt hatte. »Das Ding läuft besser als je zuvor«, sagte er seinen Freunden.

Vor dem Mittagessen fuhr er schnell noch einmal durchs Dorf. Nur so aus Spaß. Er sah nicht, daß auf der Straße vor ihm aus einem alten Traktor Öl ausgelaufen war. Das Motorrad geriet ins Rutschen, Hays versuchte noch zu bremsen, die Räder blockierten. Was sich dann ereignete, weiß Hays von Familienangehörigen, von Augenzeugen, aus Polizeiakten.

Angelo Hays wurde einige Meter durch die Luft geschleudert, mit dem Kopf voran gegen eine Ziegelmauer. Er verlor sofort das Bewußtsein.

»Hilfe, einen Arzt, schnell einen Arzt!«, schrie ein junger Mann, der den Unfall beobachtet hatte. Von allen Seiten liefen die Bewohner der angrenzenden Gehöfte herbei. Eine halbe Minute später drängte sich eine dichte Traube Schaulustiger um den leblosen Körper.

Vom Gemeindeamt aus wurde der Arzt alarmiert. Der Doktor kam sofort. Als der Mann mit dem weißen Spitzbart den Unglücklichen liegen sah, schüttelte er den Kopf: »Ich glaube nicht, daß da noch viel zu machen ist«, sagte er.

Die anschließende Untersuchung bestätigte seine Meinung: Pulsschlag und Atmung fehlten, auch Herztöne waren nicht zu hören. Dr. Bathias, der einzige Arzt in der 2500-Seelen-Gemeinde, öffnete vorsichtig die blutverschmierten Augenlider. Die Pupillen waren starr und weit. Die Verletzungen gaben keinen Anlaß, daran zu zweifeln, daß hier wirklich jede Hilfe zu spät kam: Die Schädeldecke war gespalten, das vordere Schädeldach nach hinten verschoben - eine formlose, blutige Masse.

Dr. Bathias schrieb den Totenschein aus. Der Leichnam wurde zunächst im Keller des Gemeindeamtes aufgebahrt. Genauer gesagt: Man stellte die Zinkwanne mit der Leiche dort ab. Als einige Stunden später der Sarg aus der benachbarten Kreisstadt eintraf, bettete man Angelo Hays um und überführte ihn in die kleine Kirche des Dorfes.

Eine halbe Stunde nach dem Unglück informierte der Gendarm von St. Quentin de Chalais Angelos Eltern vom

Tod ihres Sohnes. Die Mutter bekam einen Weinkrampf: »Ich habe es immer gewußt, immer, immer!« Der Polizist stand betreten dabei. Angelos Vater war bleich vor Schreck und sagte kein Wort.

Als die Eltern ihren toten Sohn am Nachmittag noch einmal sehen wollten, riet der Bürgermeister ab: »Bitte bestehen Sie nicht darauf, die Leiche sieht gräßlich aus. Behalten Sie ihn so in Erinnerung, wie er zu Lebzeiten war. Glauben Sie mir, das ist besser so!« Der Sarg wurde deshalb auch in der Kirche mit geschlossenem Deckel aufgebahrt.

Drei Tage nach dem Unfall fand die Beerdigung statt. Angelo Hays war sehr beliebt gewesen, und so machte sich fast das ganze Dorf auf, von ihm Abschied zu nehmen. Die Kapelle der freiwilligen Feuerwehr spielte zu seinen Ehren einen Trauermarsch. Acht kräftige Burschen in blauen Uniformen trugen den Sarg zum Grab, und ließen ihn dort mit Hilfe dicker Taue schwankend und rumpelnd in die anderthalb Meter tiefe Gruft gleiten.

Als die Trauergäste eine dreiviertel Stunde später gegangen waren, machte sich der Totengräber ans Werk. Die Hitze der vergangenen Tage hatte den Friedhofsboden verbacken, und so schaufelte der Mann jetzt dicke, trockene Schollen in die Grube, ohne sich nachher noch die Mühe zu machen, das eingefüllte Erdreich festzustampfen. Er konnte nicht wissen, daß er damit einem Menschen das Leben rettete...

In Bordeaux waren inzwischen Juristen mit dem Fall Angelo Hays beschäftigt, sein Vater hatte für ihn eine hohe Lebensversicherung abgeschlossen. Da es um eine

Summe von 200 000 Francs ging, reagierte die Gesellschaft prompt, als die Meldung von Angelos Tod eintraf: Unverzüglich wurde ein Inspektor losgeschickt, um den Ablauf des Unglücks vor Ort in St. Quentin de Chalais zu klären. Es dauerte nur Stunden, dann erfuhr der Agent aus Bordeaux von der verhängnisvollen Ölspur und deren Urheber.

Der Besitzer des Traktors, ein alter Bauer, leugnete erst, dann versuchte er sich herauszureden, aber schließlich sah er ein, daß seine Haftpflichtversicherung hierfür zuständig und er damit ohnehin aus allen Schwierigkeiten heraus war.

Ein Rechtsstreit bahnte sich an. Vorsorglich beantragte man deshalb bei den zuständigen Stellen eine Exhumierung der Leiche, um bei der Todesursache keinen Zweifel zu lassen.

Zwei Tage nach der Bestattung und fünf Tage nach dem Unfall war es dann soweit. Am frühen Morgen riegelte die Polizei den Friedhof von St. Quentin de Chalais ab. Niemand durfte während der nächsten Stunden den Gottesacker betreten. Aus Bordeaux waren zwei Rechtsmediziner und von jeder Versicherung zwei Vertreter angereist. Die vier Totengräber aus den Nachbargemeinden brauchten keine Viertelstunde, dann war der Sarg freigelegt. Am Fußende der Gruft, auf dem schmalen Friedhofsweg, hatten die Gerichtsärzte einen stählernen Klapptisch für die Obduktion aufgebaut. Skalpell, Knochensäge, Messer, Pinzetten, alles lag bereit...

Der Schrein wurde hochgezogen und der Deckel abgeschraubt. Zwei Männer hoben die Leiche heraus und trugen sie zum Sektionstisch. Um den Toten leichter entkleiden zu können, schnitt der Obduzent einfach Hemd und Anzug auf. Als er dabei die Brust von Angelo Hays berührte, schreckte er zurück: »Mein Gott, der ist ja warm, der Mann lebt ja noch!«, schrie der Sachverständige.

Minuten später war das nächste Krankenhaus informiert, der Rettungswagen jagte los. Im Hospital versorgten die Ärzte Angelo Hays erst einmal soweit, daß er transportfähig wurde. Anschließend überwies man ihn in eine Spezialklinik. Es waren zahlreiche, komplizierte Operationen nötig, und es vergingen viele Monate, ehe der Mann, der zwei Tage lang scheintot begraben gewesen, gesund entlassen werden konnte.

Angelo Hays ist mittlerweile 60 Jahre alt, noch immer glücklich verheiratet und Vater einer erwachsenen Tochter. Er lebt heute einige Kilometer außerhalb von St. Quentin de Chalais bei Bordeaux in einem winzigen Weiler namens L'Epinet de St. Quentin. Er selbst erzählt, was ihm damals wahrscheinlich das Leben rettete: »Ein berühmter Professor aus Paris hat mir die Zusammenhänge einmal erklärt, warum ich im Grab überlebte: Durch die schweren Kopfverletzungen waren sämtliche Körperfunktionen auf ein Minimum herabgesetzt. Das führte dazu, daß mich alle für tot hielten, und ich im Sarg sehr wenig Sauerstoff verbrauchte. Zudem herrschte ja damals eine große Trockenheit, so daß die Erde über meinem Grab aus groben, luftdurchlässigen Brocken bestand. Einen Tag später hätte ich jedoch das Zeitliche für immer gesegnet.«

Über seine Tage im Sarg weiß Angelo Hays nichts. Die tiefe Ohnmacht ersparte es ihm, aufzuwachen, bevor er exhumiert wurde.

»Manchmal versuche ich mir vorzustellen, wie es gewesen wäre, wenn ich damals unter der Erde das Bewußtsein wiedererlangt hätte. Es ist eine grauenvolle Vision«, sagt Hays. An seiner damaligen Grabstelle steht noch heute ein schlichtes Holzkreuz, ein kleines Dankeschön für seine Errettung vor 41 Jahren.

Angelo Hays, der mittelgroße, kräftig gebaute Mann mit dem grauen, schütteren Haar, hat das schreckliche Ereignis nicht nur gut überstanden, sondern zudem noch Kapital daraus geschlagen. Er berichtet: »Aus ganz Frankreich kamen Leute, um mich zu bestaunen. Und je öfter ich meine Geschichte erzählt habe, desto mehr wuchs in mir die Überzeugung, daß so etwas auch noch anderen Zeitgenossen passiert, die dann nicht das Glück haben, rechtzeitig entdeckt zu werden. Ich erfand deshalb einen Sicherheitssarg für Scheintote.

Mein erstes Modell wurde inzwischen so verbessert, daß es allen Ansprüchen gerecht wird.

Ich habe, glaube ich, wirklich an alles gedacht. Da ist zunächst einmal die elektronische Alarmanlage. Bei der geringsten Bewegung heult in der Friedhofsverwaltung oder bei der Feuerwehr eine Sirene auf. Im Inneren gibt es zudem für alle Fälle einen kleinen Sauerstoffbehälter, Decken, damit man nicht zu frieren braucht, und elektrisches Licht. Auch Bücher sind da, damit man sich bis zur Rettung ablenken kann. Wasservorräte und Fleischkonserven, und selbst eine Öffnung für gewisse Bedürfnisse habe ich nicht vergessen«, versichert der ideenreiche Franzose.

In seinem ausgeklügelten Überlebenssarg kann man es im Notfall angeblich bis zu zehn Tagen aushalten. Für den mehrere tausend Francs teuren Elektroniksarkophag fanden sich allerdings kaum Käufer. Was ihm Geld brachte, waren zahlreiche Show-Vorstellungen mit seiner skurrilen Erfindung im In- und Ausland. In Bordeaux beispielsweise ließ sich Hays eingraben, um vor Publikum die Funktionstüchtigkeit seines Sarges zu beweisen. Es kamen über 25000 Zuschauer, die umgerechnet insgesamt 100000 Mark für das Spektakel zahlten. Selbst das französische Fernsehen zeigte Interesse. Mit einer in den Schrein eingebauten Kamera berichtete die TV-Anstalt über den Versuch unter der Erde. Vor fünf Jahren war der körperlich und geistig vollkommen gesunde Hays auch der gutbezahlte Star einer dreizehnteiligen Fernsehserie des Senders Monte Carlo.

Inzwischen freilich ist es etwas stiller um Angelo Hays geworden, das Interesse an seinem Scheintod abgeklungen. Er ist keineswegs traurig darüber. »Ich hatte viel Spaß dabei, aber irgendwann reicht es einem auch«, sagt er heute.

Scheintot begraben zu werden wie Angelo Hays – war das nur früher möglich, als die medizinische Wissenschaft noch nicht so weit, die Geräte, die Technik noch nicht so perfekt waren? Passieren solche Fälle, wenn überhaupt, heutzutage bestenfalls noch im Ausland, aber ganz bestimmt nicht bei uns in der Bundesrepublik Deutschland?

Rhetorische Fragen, auf die es leider eine Antwort, eine höchst beängstigende Antwort gibt: Allein in den drei Jahren zwischen 1975 und 1978 wurden bei uns acht bewiesene Fälle von Scheintod aktenkundig. Doch nicht genug damit. Auch in den Jahren davor gab es zahlreiche Menschen, die ihren angeblichen Tod überlebten. Die meisten Mediziner, aber auch die Ärztekammern, wollen es noch immer nicht wahrhaben. Der Scheintod wird von den meisten schlicht abgetan als »Unsinn, der nur einem kranken Hirn entspringt«, als »unrealistische Schauervision, die in den Bereich des Horrorromans gehört.«

Selbst der Heidelberger Gerichtsmediziner Professor Georg Schmidt meinte noch 1970 zu diesem Thema: »Na ja, kuriose Fälle, die immer wieder mal in der Literatur auftauchen.« Inzwischen wurde der einst so sichere Professor eines anderen belehrt. Er und sein Tübinger Kollege Professor Hans-Joachim Mallach untersuchten die vorgenannten Fälle. Heute ist Schmidt überzeugt: »Es gibt noch eine Dunkelziffer, die freilich niemand zu schätzen vermag.« Schöne Aussichten!

※

Von den obenerwähnten sieben Scheintoten sind vier mittlerweile ein zweites Mal und jetzt endgültig verstorben. Vier aber leben noch heute. Dem Glück im beinahe tödlichen Unglück ist es zu verdanken, daß sie nicht erst im Grab oder im Einäscherungsofen des Krematoriums erwachten... Einer dieser Fälle ist Emma Sikorski in Berlin.

Plötzlich fing die »Tote« zu atmen an

Es war gerade 10.03 Uhr, als aus den viereckigen, holzgerahmten Lautsprechern der Feuerwache Berlin-Buckow der helle Alarmgong ertönte. Ein kurzes Knacken, dann kam knapp und krächzend der Funkbefehl von der Zentrale in Siemensstadt: »Einsatz: Krankentransportwagen. Hilflose Person in Britz, Mohriner Allee 76. Ende.«

Brandhauptmeister Gero Sindermann und seine beiden Kollegen, Brandobermeister Peter Frenken und Oberfeuerwehrmann Werner Perleß sprangen in ihr Fahrzeug.

Vier Minuten nach dem Alarmspruch hatte der Rettungswagen die Mohriner Allee, eine schmale, mit hohen Kastanienbäumen gesäumte und schlechtgepflasterte Straße, erreicht. Als der Sanka einen dort verlaufenden, unbeschrankten Bahnübergang kreuzte, bot sich den Feuerwehrleuten ein seltsames Bild. Gero Sindermann erinnert sich heute: »Schon von weitem sahen wir am rechten Straßenrand einen Leichenwagen. Es war einer dieser in Berlin üblichen, großen Mercedes-Transporter. Die beiden Flügeltüren des Kastenaufbaus standen weit offen. Mein erster Gedanke war: ‚Da ist einem von den Sargträgern was passiert.' Ich weiß noch genau, ich sagte zu Frenken, der am Steuer saß: ‚Mensch, Peter', sagte ich, ‚da hat sich wohl einer von den Idioten beim Sarg zunageln uff die Finger jekloppt.'«

Die Szene, welche die Feuerwehrleute dann vor dem Haus Nr. 76 erlebten, war noch um einiges ungewöhnlicher: Von der Straße aus sah man einen Sarg, der auf den Stufen zum Eingang abgestellt war. Im offenen Schrein lag eine Greisin mit gefalteten, knochigen Händen, grauem Haar und geschlossenen Augenlidern. Um sie herum standen vier Männer in dunklen Anzügen und mit schwarzen Schirmmützen, eine ältere Frau war über den Sarg gebeugt und weinte hysterisch.

»Also: Wir sofort mit der Trage raus aus unserem Wagen und hin zu dem Sarg. Und da sahen wir es dann. Die Frau, die da lag, hatte eine ganz langsame Schnappatmung. Also wie ein Fisch, ganz gering, kaum daß man es sehen konnte. Ein ganz schwaches Auf und Ab des Unterkiefers war das. Wie gesagt, man mußte schon sehr genau hingucken, um das wahrzunehmen«, erzählt Sindermann.

Peter Frenken schlug die Decke über der Scheintoten zurück. Zu dritt hoben die Feuerwehrleute dann die damals 80jährige Emma Sikorski aus dem Sarg und betteten die Greisin vorsichtig auf die Krankentrage um. Sindermann: »Also, det war ganz schön schwierig, die Frau da rauszuholen. Ick meene, jemand in den Sarg, det kommt ja häufiger vor, aber jemand wieder aus dem Sarg...?«

Während Werner Perleß am Steuer saß, kümmerten sich Peter Frenken und Gero Sindermann um die Frau, die amtlich bereits seit Stunden tot war. Sie verabreichten ihr reinen Sauerstoff. Der Wagen raste mit Signallicht und Martinshorn zur nächstgelegenen Klinik, dem Städtischen Krankenhaus Berlin-Neukölln.

Begonnen hatte alles ganz harmlos am Abend zuvor. Die Tagesschau war gerade zu Ende gegangen, das nachfolgende Programm interessierte die alte Dame nicht mehr. »So, Kinder, gute Nacht. Ich nehm' bei mir unten noch schnell ein kleines Fußbad, und dann geht's husch ins Bett«, verabschiedete sich Emma Sikorski von ihrem Enkel Jürgen und dessen Mutter »Gut, Oma. Aber warte, ich bringe Dich nach unten, die Treppe ist etwas zu steil für Dein Alter«, sagte Jürgen Lirka und begleitete seine Großmutter in ihre Wohnung im Parterre. Schon seit geraumer Zeit lebte Emma Sikorski, gemeinsam mit ihrer Tochter Irene Lirka, damals 59 Jahre alt, und ihrem Enkel Jürgen in dem schmucken Einfamilienhaus in der Mohriner Allee. »Du bist ein lieber Junge, Jürgen. War nett, daß Du mich runtergebracht hast.« Sie tätschelte ihrem Enkel noch die Wange, dann zog sie die Schlafzimmertür hinter sich ins Schloß. Was jetzt geschah, ist bis heute nicht ganz geklärt.

Als Jürgen Lirka seiner Großmutter am nächsten Morgen gegen 6.45 Uhr die Zeitung ans Bett bringen wollte, machte er eine entsetzliche Entdeckung.

»Oma, Oma, bitte, was ist denn mit Dir?« schrie Jürgen Lirka und schüttelte die alte Frau, die leblos vor ihrer Bettstatt auf dem Boden lag. Sie war nur mit einem Nachthemd und dicken, grauen Wollstrümpfen bekleidet. Als

Jürgen Lirka ihren Puls fühlte, spürte er nichts. Der Arm war eiskalt...

Drei Minuten später war der Rettungswagen alarmiert. Er traf um 6.52 Uhr ein. Nachdem einer der Feuerwehrleute Emma Sikorski kurz untersucht hatte, schüttelte er nur den Kopf: »Tut mir leid, Herr Lirka, aber das ist kein Fall mehr für uns. Die Frau ist tot. Wenn sie wollen, informieren wir den Notfall-Dienstarzt, damit das mit dem Totenschein in Ordnung geht.« Irene Lirka kauerte neben ihrer Mutter: »Mein Gott, sie hat doch gar nichts gehabt, gestern abend hat sie noch ferngesehen, und jetzt soll sie tot sein. Ich glaube es nicht, ich kann es nicht glauben.«

Um 8.15 Uhr traf dann der Notfall-Dienstarzt ein. An diesem Tag war für den Bezirk Britz der frei praktizierende Allgemeinmediziner Dr. Manfred Rohn* aus Berlin-Schöneberg zuständig. »Es war mein erster Auftrag an diesem Morgen, und ziemlich kalt. Kein Wunder, es war ja auch Anfang März«, erinnert sich Dr. Rohn. Als er in der Mohriner Allee ankam, zeigte ihm Jürgen Lirka das Zimmer, in dem Emma Sikorski lag. Dort ließ man den Arzt dann allein. Dr. Rohn: »Es war ziemlich dunkel in dem Raum. Als ich hereinkam, fand ich die alte Frau auf der linken Körperseite liegend vor. Sie war leicht zusammengekrümmt und schon ziemlich steif. Sie hatte da wohl zwei oder drei Stunden so gelegen.«

Der Doktor übersah freilich, daß das Bett völlig unberührt war. Emma Sikorski hatte sich also schon die ganze Nacht auf dem kalten Boden befunden. Was der

---
* Name geändert.

Mediziner jetzt als bereits eingetretene Totenstarre diagnostizierte, war somit lediglich eine durch die niedrige Umgebungstemperatur verursachte Versteifung. Und noch etwas anderes fiel dem Arzt leider nicht auf: Als er zur Sicherheit mit einer kleinen Taschenlampe in Emma Sikorskis linkes Auge leuchtete, um die Pupillenreaktion zu prüfen, bemerkte er nicht, daß die alte Frau auf diesem Auge am »grauen Star« operiert worden war und sich die Pupille deshalb gar nicht mehr zusammenziehen konnte...

Dr. Rohn sagt heute im nachhinein: »Na ja, steif war sie, kalt war sie auch, hören konnte man nichts, keine Herzgeräusche, keinen Puls. Na ja, wie das halt so ist, hab ich halt den Leichenschauschein ausgestellt.«

In der Rubrik »Todesursache« vermerkte der Mediziner »Natürlicher Tod durch Herzversagen«. Anschließend wusch er sich noch kurz die Hände, kassierte die in solchen Fällen übliche Gebühr von 30 Mark und verließ das Haus. Die vermeintlich tote Emma Sikorski blieb liegen, wie man sie gefunden hatte.

Mit dem Leichenschein in der Tasche fuhr Jürgen Lirka gemeinsam mit seiner Mutter zum Bestattungsinstitut Britz am Britzer Damm. Die Formalitäten waren schnell erledigt, die Familie bestellte eine Einäscherung und eine Urnenbeisetzung mit Feier. Für die Kremation orderten sie einen schlichten Kiefernsarg zu 535 Mark. Den Rest regelte jetzt das Bestattungsunternehmen. Da das Institut Britz aus Gründen des Geschäftsumfangs keinen eigenen Wagenpark unterhält, wurde, wie immer in solchen Fällen, das alteingesessene Berliner Fuhrunternehmen Gustav Schöne mit dem Transport der Leiche betraut.

Gustav Schöne am Richardplatz 18, eine Firma, die neben LKWs und pferdebespannten Hochzeitskutschen eben auch Leichenwagen im Einsatz hat.

Die vier Einbetter von Schöne holten am Britzer Damm den gewünschten Sarg ab und fuhren damit in die Mohriner Allee. Bis dahin lief noch alles routinemäßig. Die ersten Schwierigkeiten begannen aber, als der Schrein durch die Diele ins Schlafzimmer manövriert werden sollte. Da half kein Drehen und Verkanten, der Sarg war zu lang für den winzigen Vorbau. Also ließ man ihn gezwungenermaßen vor der Tür im Freien stehen.

Die Männer gingen nach drinnen, legten dort die Verstorbene aufs Bett und entkleideten die Leiche. Sie säuberten Emma Sikorski mit großen Spezialtüchern und zogen ihr das Totenhemd über. Dann trugen sie gemeinsam den Leichnam nach draußen und betteten ihn in den Sarg, der schräg auf den Stufen zur Diele stand. Hier faltete man der Toten sorgsam die Hände und kämmte ihr das Haar. Der Älteste des Einbetterteams, Hans-Jürgen Meinaß, wollte gerade den Deckel auflegen, als er eine unheimliche Beobachtung machte: Die Eingesargte öffnete plötzlich den Mund und begann langsam zu atmen, dann bewegte sie sogar ein wenig die gefalteten Hände. Meinaß ließ vor Schreck den Deckel fallen, der scheppernd zu Boden fiel, und rannte in die Wohnung: »Schnell, schnell, sie lebt noch, sie lebt!« 30 Sekunden später wurde der Rettungswagen ein zweites Mal alarmiert.

Die Firma Schöne und Hans-Jürgen Meinaß wollen sich heute nicht mehr zu dem Ereignis äußern. »Aus Pietätsgründen«, wie es offiziell heißt. Der Besitzer eines großen

Berliner Bestattungsinstituts glaubt jedoch den wahren Grund zu kennen: »Ist doch vollkommen klar, daß die nicht mehr wollen, daß der Fall neu aufgerührt wird. Ist doch wahrlich keene Werbung für so een Unternehmen, wenn einem die Toten wieder aus de Särje steigen . . .«

Auf der Intensivstation des Städtischen Krankenhauses Neukölln kämpften Prof. Klaus Holldack und sein Team verzweifelt um das Leben der alten Dame. Erst nach und nach gelang es, den völlig geschwächten Kreislauf wieder zu normalisieren. Drei Tage später, am 15. März, hatten die Ärzte gesiegt: Emma Sikorski schlug die Augen auf.

Die chemisch-toxikologische Untersuchung von Mageninhalt und Harn hatte eine Vergiftung durch eine Überdosis barbiturat- und bromhaltiger Schlaftabletten ergeben. Die allgemeine Diagnose lautete: »Scheintod nach Suizidversuch«. Als Grund für den beabsichtigten Selbstmord nannte der spätere psychiatrische Befund »eine offenbar schon seit längerer Zeit bestehende Lebensunlust, deren Ursprung nicht zu ermitteln ist.«

Im Krankenhaus freilich machte die Patientin, die erst vor vier Tagen dem Tod von der Schippe gesprungen war, einen ganz anderen Eindruck: »Bitte, bitte, Herr Doktor, machen Sie, daß ich weiterleben kann«, sagte Emma Sikorski bei der morgendlichen Visite zu Professor Holldack. Und sechs Tage später vermerkte die Schwester gar: »Wohlbefinden. Die Patientin singt auf der Station.«

Die »Wunder-Oma«, wie Emma Sikorski im Neuköllner Krankenhaus genannt wurde, kam vier Wochen nach ihrer Einlieferung in die neurologische Abteilung und anschließend in ein Pflegeheim.

Heute, rund dreieinhalb Jahre nach ihrem beurkundeten Ende, lebt Emma Sikorski, mittlerweile 84 Jahre alt, im Ida-Wolff-Haus, einer Anstalt für chronisch Kranke, am Juchacz-Weg 21. Schon von weitem sieht man den fünfstöckigen, braunen Klinkerbau in der Berliner Gropiusstadt. Von oben leuchtet ein riesiges, rotes Herz mit den Buchstaben AW, dem Kürzel für die Arbeiterwohlfahrt, die das Heim unterhält. Emma Sikorski bewohnt das Eckzimmer 405 im vierten Stock. Den gut 37 Quadratmeter großen Raum teilt sie sich mit drei weiteren alten Damen.

Beim Besuch liegt sie gerade im Bett, um sich ein wenig von den Anstrengungen der vorangegangenen Stunden zu erholen. Wie fast jeden Tag hat sie auch heute mit Unterstützung des Krankengymnasten einen kleinen Spaziergang durch die Station unternommen. Emma Sikorski ist sehr schmal und, wie ihre Zimmergenossinnen bestätigen, eine ruhige, bescheidene Frau. Zur Begrüßung reicht sie die Hand. Sie ist kühl, ein wenig kraftlos, müde; kein Wunder bei dem Alter.

Auf die Frage, wie es ihr geht, antwortet sie mit einem kleinen Lächeln: »Gut, sehr gut, ich habe ja noch meine Kinder.« Sie meint damit ihre Tochter und ihren Enkel, die sie regelmäßig zweimal die Woche besuchen.

Die zuständige Ärztin bestätigt die Aussage der alten Dame: »Sie sitzt jeden Tag draußen in ihrem Stühlchen auf dem Balkon, und ist keineswegs bettlägerig. Auch Spritzen und Spezialdiät braucht die Frau Sikorski nicht.«

»Warum lebt sie dann eigentlich in einem Heim für chronisch Kranke?«

»Na ja, Frau Sikorski ist eine alte Dame, die ein wenig zerebralsklerotisch (verkalkt) ist, wie das sich in dem hohen Alter so gehört, und damit war das dann gelaufen. Da spielen Sicherheitsgründe eine Rolle. Ihre Angehörigen sind eben nicht den ganzen Tag zu Hause, und können sich deshalb um die alte Dame nicht so intensiv kümmern wie es nötig ist. Und so kam eben der Moment, wo man sagte: ‚Also bitte, dann hierher'«, erklärt die Ärztin.

Daß sie schon einmal im Sarg lag, das hat man Emma Sikorski bis heute nicht zu erzählen gewagt. Sie selbst hat für die fraglichen Tage eine absolute Erinnerungslücke, und das ist wahrscheinlich gut so.

Hätte man ihren Scheintod damals nicht rechtzeitig entdeckt, sie wäre eine halbe Stunde später bereits in eine der Kühlzellen im Hof des Fuhrunternehmens Gustav Schöne geschoben worden. Und wer das Pech hat, erst in den großen Boxen wieder aufzuwachen, der hat keine Chance mehr, lebend davonzukommen. Die Schränke, mit einer Temperatur von nur vier Grad Celsius, sind in einer ehemaligen Garage untergebracht, in der auch heute noch allerlei berufsspezifische Geräte wie Zinksärge und ein zusammenklappbarer Katafalk abgestellt werden. Ein schweres Stahlrollo verschließt die Räumlichkeiten absolut diebstahlsicher und garantiert schalldicht. Da hilft kein Rufen und kein Klopfen mehr. »Wer da erst mal drin ist, der wird bestimmt nicht scheintot begraben...«, sagt ein Angestellter des Unternehmens.

Als Dr. Manfred Rohn am Nachmittag des 12. März von seiner fatalen Fehldiagnose erfuhr, fiel er aus allen

Wolken. Gegenüber der Presse äußerte er: »Was mir passiert ist, kann man zu den Grenzfällen der Medizin rechnen.« Er fühlte sich keineswegs schuldig.

Heute sagt der Doktor: »Ich habe erst sehr viel später, erst Wochen nach dem Vorfall erfahren, daß da etwas mit Schlaftabletten war. Wenn die Angehörigen damals so was erwähnt hätten und somit der Verdacht auf einen Selbstmordversuch bestanden hätte, dann wäre ich völlig anders an die Sache herangegangen!«

Als Rohn damals freilich im Hause Sikorski eintraf, teilte ihm Jürgen Lirka lediglich mit, die Oma habe bereits vor zweieinhalb Jahren einen Herzinfarkt erlitten. »Bei dem hohen Alter der Frau und der Krankengeschichte war der Fall damit für mich absolut klar. Durch die Aussage bin ich auf ein falsches Gleis gelenkt worden«, verteidigt sich der Arzt.

Dennoch leitete der Staatsanwalt ein Ermittlungsverfahren gegen Dr. Manfred Rohn ein. Professor Heinz Spengler, Leiter des Landesinstituts für gerichtliche Medizin in Berlin, kam damals in seinem Gutachten zu dem Schluß: »Der Beschuldigte war nicht in der Lage, den Scheintod der Frau bei der von ihm vorgenommenen Leichenschau am 12. März 1975 zu erkennen. Aus diesem Grund waren weitere Untersuchungen mit medizinisch-technischen Geräten nicht angezeigt.«

Wie ist ein solcher, selbst für einen Arzt nicht mehr feststellbarer Scheintod möglich?

Der Körper des vermeintlich Toten befindet sich dabei im Zustand einer sogenannten »vita minima«, das heißt, sämtliche Lebensfunktionen sind auf ein Mindestmaß reduziert. Dies kann durch äußere Gewalteinwirkung, zum Beispiel bei einem schweren Unfall ebenso entstehen wie durch Blitz- oder Stromschlag, Alkohol, Rauschmittel, nach einem Schlaganfall oder einer Tablettenvergiftung. In diesen Fällen werden wichtige Zentren im Gehirn beeinträchtigt, die unter anderem für Atmung und Kreislauf verantwortlich sind. In der Regel fällt auch die Funktion der Großhirnrinde aus, das Bewußtsein schwindet. Die Atemtätigkeit wird nun immer schwächer, das Herz schlägt nur noch in großen Abständen und auch da nur sehr leicht. Der gesamte Organismus ist jetzt auf Sparflamme geschaltet, ähnlich dem Winterschlaf bei manchen Tieren. Die Körpertemperatur sinkt dabei stark ab. In diesem Zustand sind die lebenswichtigen Stoffwechselvorgänge in den Körperzellen verringert. Die Organe können deshalb den Scheintod durchaus unbeschadet überstehen, da sie während dieser Zeit nur sehr wenig oder fast keinen Sauerstoff benötigen.

Selbst mit Hilfe eines Stethoskops kann der untersuchende Arzt keine Herztöne mehr wahrnehmen, die Atmung ist ebenfalls unmerklich. Auch die fehlende Pupillenreaktion, die zum Teil auch heute noch als verläßliches Todeszeichen angesehen wird, führt hier nicht selten zur Fehldiagnose: Unter dem Einfluß einer Überdosis Schlaftabletten beispielsweise, bleibt auch die Pupille eines noch Lebenden völlig starr und weit geöffnet, weil ja das Sehzentrum im Gehirn ebenfalls betäubt und damit funktionsunfähig ist. In solchen Fällen nützt es gar nichts, wenn Berliner Ärzte seit dem Scheintod von Emma Sikorski einer vermeintlichen Leiche sicherheitshalber in beide Augen leuchten, um auszuschließen, daß noch einmal eine operationsbedingt reaktionslose Iris untersucht wird.

Die Zweitgutachter vom Münchner Institut für Rechtsmedizin mochten im Falle Sikorski solche Schwierigkeiten bei der Todesfeststellung nicht als Entschuldigung gelten lassen. Der dortige Professor sah in Rohns damaligem Verhalten vielmehr einen »groben Verstoß wider die Regeln der ärztlichen Kunst.« Er bemängelte, daß der Schöneberger Doktor nicht, wie im Gesetz ausdrücklich vorgeschrieben, eines der drei sicheren Todeszeichen abgewartet habe. Und dazu zählen einzig und allein Totenstarre, Leichenflecken und beginnende Fäulnis.

Dessen ungeachtet wurde das Verfahren gegen Dr. Manfred Rohn wenig später eingestellt.

Der Mediziner selbst versuchte die Affäre auf seine Weise aus der Welt zu schaffen: Er kam am Abend nach dem unglückseligen Vorfall noch einmal bei den Angehörigen von Emma Sikorski vorbei, entschuldigte sich angeblich für sein »menschliches Versagen« und gab anschließend die 30 Mark Leichenschau-Gebühr zurück. Als Entschädigung gewissermaßen legte der Arzt noch einmal 95 Mark drauf. »Für die entstandenen Unkosten«, wie er gesagt haben soll.

Doch damit war die Sache mitnichten beigelegt. Irene Lirka, die Tochter der Scheintoten, wollte sich mit solchen Summen nicht zufriedengeben. Die resolute Frau mit dem rundlichen Gesicht und den weißgesträhnten Haaren machte geltend, sie habe durch das plötzliche Wiedererwachen ihrer Mutter einen schweren Schock erlitten.

Dr. Rohn erzählt: »Als allererstes schickte mir Frau Lirka eine Kostenübernahme ins Haus, weil sie dringend eine Kur bräuchte. Ich sollte ihr gleich 3 000 Mark auf ihr Konto überweisen. Doch damit nicht genug. Sie könne jetzt nur noch mit dem Taxi fahren, und auch eine Haushälterin sei dringend nötig. Das alles sollte ich bezahlen«, sagt Rohn. »Ich habe dann mit ihr geredet und konnte sie schließlich von diesen Forderungen abbringen.«

Irene Lirka ließ sich daraufhin ein neurologisches Gutachten erstellen und zog vor den Richter. Da die Sachverständigen ihre Behauptungen nicht widerlegen konnten, erkannte das Gericht auf Schmerzensgeld und verdonnerte Rohns Versicherung zur einmaligen Zahlung von 14 000 Mark. Da Irene Lirka durch den Nervenzusammenbruch angeblich auch noch berufsunfähig geworden war und deshalb ihre Stellung als Stenotypistin hatte aufgeben müssen, billigten ihr die Richter außerdem eine kleine Rente zu, von der sie heute lebt.

Dr. Manfred Rohn verständnislos: »Wenn ein naher Angehöriger wirklich stirbt, sehe ich ein, daß jemand einen Schock bekommt. Aber wenn jemand wieder aufwacht, dann sollte man sich darüber eigentlich freuen.«

*

So verschieden die beiden Fälle auch sein mögen, eines haben Emma Sikorski und Angelo Hays gemeinsam: Sie verbrachten die Zeitspanne, in der sie dem Tod näher als dem Leben waren, in tiefer Bewußtlosigkeit. Die grauenvollen Stunden sind aus ihrem Gedächtnis getilgt. Zumindest einer aber lebt noch, dessen Gehirn voll funktionierte, als er in der Leichenkammer lag...

Der »Leichnam« hörte jedes Wort

Schweißgebadet schreckt Josef Ramosch manchmal nachts aus dem Schlaf hoch, wenn ihn ein Alptraum noch einmal erleben läßt, wie ein Arzt an sein Bett trat und sagte: »Dem ist nicht mehr zu helfen.«

Ramosch wurde am 2. August 1969 für tot erklärt. Gelähmt lag er damals im Krankenhaus; keinen Finger, kein Augenlid konnte er bewegen – aber das Gehör war noch intakt. Er verstand jedes Wort, das an seiner Bahre gesprochen wurde. Er hörte deutlich, wie man die Autopsie seiner Leiche beschloß.

Erst jetzt, viele Jahre nach diesem fürchterlichen Erlebnis, hat Josef Ramosch die Eindrücke soweit verarbeitet, daß er bei einem Interview – es dauerte dreieinhalb Stunden – darüber sprechen mochte.

Der Mann, der beinahe lebendig seziert worden wäre, lebt heute in einem ruhigen Haus in Klagenfurt am Wörthersee. Ramosch kommt dem Besucher an der Gartentüre entgegen. Er ist immer noch das, was man im Bayerischen als »gestandenes Mannsbild« bezeichnet: Athletisch gebaut, 180 Zentimeter groß und 92 Kilo schwer. Obwohl er sich linksseitig auf eine Krücke stützen muß, macht er einen gesunden, vitalen Eindruck. Sein Gesicht ist sonnengebräunt, das noch verbliebene Resthaar graumeliert. Mit einer einladenden Geste bittet er in charmantweichem Österreichisch: »Geh', kommen'S doch in die Stubn'!«

Wie geht's ihm denn heute? Ein paar beiläufige Sätze folgen. Dann erzählt er seine Leidensgeschichte. Er hat Schicksalsschläge hinter sich, an denen die meisten zerbrochen wären; er hat Krankheiten überstanden, die, so ein Mediziner, ein anderer nicht überlebt hätte.

Das Unglück des Josef Ramosch begann am 31. Dezember 1966.

Ramosch, damals noch ein begeisterter Ski-Sportler, jagte in einer Schußfahrt den Abhang hinunter, als plötzlich von links eine junge Frau seine Bahn kreuzte. Ramosch: »Ich wollte einen Zusammenstoß vermeiden und habe trotz der hohen Geschwindigkeit nach rechts verrissen. Und das war mein Pech. Ich habe mir dabei den vierten Lendenwirbel gebrochen. Die Schmerzen waren so stark, daß ich kaum noch atmen konnte. Ich bin zusammengekrümmt zur Bergwachthütte gerutscht, und von dort aus mit einem Begleiter hinab ins Tal.«

Ramosch wußte nicht, wie schwer und gefährlich seine Verletzung war, und feierte noch Silvester, bevor er ins Krankenhaus ging. Im Unfallhospital zu Klagenfurt wurde er am nächsten Tag sofort operiert, aber vom Arzt bereits sechs Wochen später aus dem Bett gejagt. ‚Du mußt jetzt wieder laufen lernen, Ramosch', sagte der Doktor zu mir. ‚Ich kann nicht', sagte ich. ‚Das macht nichts', sagte der Doktor, ‚los, versuchen Sie es!'«

Und Josef Ramosch probierte es. Der Erfolg: Nach zwei Schritten stürzte der damals 51jährige Mann auf dem Krankenhausflur so unglücklich, daß er sich das Kniegelenk brach und sich einen Meniskusriß zuzog. Jetzt fing die Tortur erst richtig an. Ramosch wurde ein zweites Mal operiert, die Wunde heilte nicht aus, der Gipsverband war fehlerhaft, das Bein wurde zusehends steifer. Medikamente, Spritzen, Massagen, Kuraufenthalte, nichts half.

Immer wieder mußte Ramosch ins Krankenhaus. Weitere schmerzhafte Operationen folgten. Obendrein stellte sich fast unerträgliches Kopfweh ein. Als er schließlich wieder in den OP-Saal der Spezialklinik Stolzalpe bei Murau (Steiermark) gebracht werden sollte, erlitt Ramosch auch noch einen Gehirnschlag. Daraufhin wurde er nach Graz in die Universitätsklinik überführt. Und dort griff am 2. August 1969 der Tod nach Josef Ramosch:

»Es war gerade 17.30 Uhr. Ich rauchte eine Zigarette und saß auf der Bettkante. Da kam die Schwester ins Zimmer und sagte zu mir: ›So, Ramosch, jetzt waren'S aber lang genug auf, jetzt legen'S sich wieder schön hin und ruhen sich aus.‹ Und als ich mich hinlegen wollte, bin ich ganz plötzlich ohnmächtig geworden.«

Die Zigarette entglitt seinen Fingern, er selbst fiel leblos auf das Bett.

»Was dann geschah, werde ich mein Leben lang nie mehr vergessen: Die Ohnmacht muß nur wenige Sekunden gedauert haben, danach war ich geistig wieder voll da und wollte mich bewegen. Es ging nicht, es war furchtbar, ich war völlig gelähmt. Da hörte ich, wie die Schwester rief: ›Schnell einen Pfarrer her, schnell einen Pfarrer zum

Ramosch, der Ramosch stirbt.' Dann haben sie mich aus dem Zimmer raus und in ein Kammerl gerollt.«

»Haben Sie in diesen Minuten auch etwas gesehen, hat Ihre Nase, hat Ihr Tastsinn funktioniert?«

»Nein, überhaupt nichts. Ich habe nur gehört. Sie haben mich ins Badezimmer geschoben, wo schon drei andere im Sterben lagen und stöhnten.«

»Wurden denn keine Untersuchungen durchgeführt, um Ihren Tod festzustellen?«

»Doch, als ich im Badezimmer lag, kam ein Arzt, hat mir ins Auge geleuchtet und dann mit einer Nadel hineingestochen. Ich habe den Stich allerdings nicht gespürt, sondern nur gehört, wie er von der Schwester die Nadel verlangte. Anschließend hat der Doktor mir noch gegen das Gesicht getätschelt, auch das habe ich nur gehört. Und daraufhin sagte der Arzt: ,Da ist nichts mehr zu machen, Schwester, der ist schon weit hinüber.' Dann nahm er mir die Urinflasche weg, die zwischen meinen Schenkeln eingeklemmt war. Der Arzt drückte mir dabei die Beine auseinander. Das habe ich gespürt. Es kam mir vor, als ob er mir das ganze Becken auseinanderbrechen würde. Wie ich später erfahren habe, bin ich in diesem Augenblick ganz steif und eiskalt gewesen.«

»Wurde denn kein EEG (Elektroenzephalogramm/Gehirnstrommessung) gemacht?«

»Nein. Das hat man nicht mehr für nötig erachtet. Wie man mir viel später sagte, sei ein EKG (Elektrokardiogramm/Herzstrommessung) angelegt worden, und das habe keinen Herzschlag mehr registriert. Und daraufhin soll der Arzt gesagt haben, ich sei längst gehirntot.«

Aus bis heute ungeklärten Gründen wurde Josef Ramosch anschließend aus dem Bad wieder herausgefahren und in ein kleines, damals unbenutztes Behandlungszimmer der Station gebracht.

»Dort lag ich auf einem Bettwagerl, ganz nackt und nur in ein Leintuch gehüllt. Zwei Pfleger kamen und zogen mir den Infusionsschlauch raus. Ich hörte, wie einer sagte: ‚Mensch, paß doch auf, da fließt noch Blut, Du machst ja alles voll.‘ Dann wurden draußen auf dem Flur Stimmen laut, und ich hörte wie die Schwester mit dem Pfarrer hereinkam und zu ihm sagte: ‚Ich bin ja so froh, daß Sie da sind, Herr Pfarrer, da können Sie gleich dem Ramosch die Letzte Ölung geben.‘ Darauf fragte der Pfarrer: ‚Ist der denn katholisch?‘ und die Schwester sagte: ‚Naa, der Ramosch ist evangelisch!‘, worauf dann der Pfarrer sagte: ‚Dann bin ich leider nicht zuständig, Schwester, ich bin ja katholisch und außerdem sowieso nur der Gefängnisgeistliche.‘ Die Schwester hat aber nicht nachgegeben, und so hat er mir schließlich doch die Letzte Ölung erteilt. Nachher kamen auch noch vier Ordensschwestern, die an meiner Bahre gebetet und gesungen haben.«

»Was haben Sie in diesen Momenten gedacht?«

»Ich dachte die ganze Zeit: ‚Ich will wieder gesund werden, ich will gesund werden, ich will nach Hause zu meiner Familie.‘«

»Haben Sie gebetet?«

»Nein, gebetet habe ich nicht, keinen Augenblick.«

»Warum nicht?«

»Ich habe, ehrlich gesagt, nicht daran gedacht. Ich überlegte mir vielmehr, wie sich meine Familie, meine Frau und meine Kinder, wohl bei meiner Beerdigung verhalten würden. Ich habe mir außerdem überlegt, ob sie gut versorgt sind nach meinem Tod.«

»Was geschah nach den Sterbegesängen der Ordensschwestern?«

»Da kam nochmal der Doktor und eine Krankenschwester. Der Arzt sagte zu ihr: ‚Schwester, Sie können den Exitus fertig machen.‘ Exitus, so heißt bei uns in Österreich der Zettel für die Pathologie, auf dem das Sterbedatum, der Name des Toten und die Patientennummer vermerkt sind. Der ‚Exitus‘ wurde mir dann an den Oberschenkel gebunden. Ich habe das gemerkt, als die Schwester mein Bein dazu anhob. Und dann sagte der Arzt: ‚Der Ramosch bleibt bis zum Montag hier auf der Station. Unten, in der Prosektur (Obduktion), ist schon alles voll.‘ Das war mein Glück, daß am Wochenende nie obduziert wurde. Wenn das alles unter der Woche geschehen wäre, dann hätten's mich gleich aufgeschnitten. Jetzt kam noch ein Assistenzarzt in den Raum und fragte den Doktor: ‚Woran ist der gestorben?‘, und der Doktor sagte: ‚An Enzephalitis‘, also Gehirnentzündung. ‚Wird eine Prosektur gemacht?‘ fragte der Assistenzarzt - Prosektur, das ist die Leichenöffnung - ‚Ja, am Montag‘, sagte der andere. Und dann habe ich gehört, wie der Assistenzarzt fragte: ‚Das würde mich sehr interessieren, kann ich da am Montag mit dabei sein?‘ Und der Doktor sagte: ‚Wenn es Sie interessiert, selbstverständlich!‘ Als ich das hörte, hatte ich mit einem Schlag keinen Lebenswillen mehr, da habe ich aufgegeben.«

»Was haben Sie in dieser Situation empfunden?«

»Nichts, absolut nichts. Als ich das gehört hatte, kehrte eine unbeschreibliche Ruhe ein. Ich hatte mich abgefunden mit meinem Tod. Und plötzlich begann meine Jugendzeit wie in einem Film vor mir abzulaufen. Ich habe mein Leben noch einmal erlebt. Ich weiß heute wieder Dinge, die ich damals längst vergessen hatte. In dem Film erlebte ich zum Beispiel, wie mir als Vierjähriger ein Jugoslawe bei einer Volksabstimmung meine neue Matrosenmütze vom Kopf riß und mitnahm, und ich aus lauter Verzweiflung darüber von einer Brücke in den Fluß springen wollte und meine Mutter mich gerade noch im letzten Augenblick zurückhalten konnte. Ich habe auch wiedererlebt, wie ich einmal meinen Schulranzen vergessen hatte und der Lehrer mich den ganzen Weg zurückschickte.«

»Bei welchem Lebensabschnitt endete dieser ‚Film'?«

»Mein Leben lief bis zu den Kriegsereignissen an mir vorüber. Ich habe dabei einige meiner Verwundungen noch einmal durchlitten. Dann rissen die Bilder plötzlich ab und ich trat in ein Zimmer, in dem es ganz hell war, ganz weiß und strahlend. Und von überall her fing es an zu singen oder besser gesagt: zu summen. Es war ein sehr angenehmes Gefühl. Das Summen war, als würde irgendwo im Hintergrund Musik oder Gesang erklingen. Dann sah ich mit einem Mal auch meine tote Mutter, die mir zuwinkte. Ich fühlte mich jetzt unendlich leicht und warm und zufrieden. Zum Schluß sah ich ein Gemälde, auf dem die Zwölf Apostel waren. Es war alles so schön, daß ich noch dachte: ‚Sterben ist gar nicht schwer, ich bin gern bereit.'

Dann wurde es dunkel um mich.«

Das ganze Wochenende über lag Josef Ramosch in gnädiger Bewußtlosigkeit. Erst am frühen Montagmorgen kehrten seine Sinne zurück. Er hörte, wie ein Pfleger den Raum betrat und das Leichentuch zurückschlug, um zu sehen, wer der Tote darunter sei.

»Ich habe gedacht: ‚Jetzt kommt es drauf an.' Ich habe versucht, mich zu bewegen. Es gelang mir schließlich, den Ringfinger und den Mittelfinger der linken Hand zu rühren. Obwohl es nur ein kurzes Zucken war, muß der Pfleger es bemerkt haben, denn er rannte zur Tür und schrie: ‚Einen Arzt, einen Arzt, der Ramosch lebt!' Ich hörte, wie der Doktor daraufhin über die Station rief: ‚Das sind nur postmortale Zuckungen, das hat nichts zu bedeuten!' Ich habe versucht, die Finger noch einmal zu bewegen und es ist mir auch gelungen. Der Pfleger schrie: ‚Der Ramosch bewegt sich schon wieder. Der Ramosch lebt!' Endlich kam dann der Arzt, und ich konnte jetzt auch sehen wie er sich über mich beugte. Ich sah ihn doppelt, nur ganz unscharf, wie durch einen dichten Schleier. Er sagte zu mir: ‚Ramosch, wenn Sie mich hören, dann geben Sie mir ein Zeichen.' Ich habe wieder versucht, den Finger zu rühren, aber es ging nicht mehr. Der Doktor sagte noch einmal: ‚Herr Ramosch, wenn Sie mich hören, bitte geben Sie mir ein Zeichen.' Es ging nicht, ich habe mich verzweifelt angestrengt, aber es ging nicht. Erst als mich der Doktor zum fünften Mal ansprach, konnte ich die Finger wieder rühren. Ich kam sofort unter ein Sauerstoffzelt. Das war am 5. August 1969.«

»Wie fühlt man sich nach einer solchen Rettung, Herr Ramosch?«

»Es war ein freudiges, warmes Gefühl. Glücklich zu sein, dazu war ich in diesem Moment nicht fähig. Auch noch lange Zeit danach habe ich keinen Unterschied mehr gekannt zwischen Freud und Leid, zwischen Gut und Böse. Wenn mir einer erzählt hätte, jemand sei die Zunge herausgerissen oder der Kopf abgehackt worden, ich hätte nur gelacht. Und wenn mir jemand eine gute Nachricht brachte, dann habe ich geweint.«

Zwanzig Tage verbrachte Ramosch auf der Intensivstation des Landeskrankenhauses in Graz. Am Morgen des 25. August trat der Arzt an sein Bett und sagte: »Herr Ramosch, ich gratuliere. Sie haben die Krise überstanden!«

Was läuft im Körper eines solchen Menschen ab, der bei vollem Bewußtsein daliegt, aber dessen Lebensfunktionen nicht mehr wahrnehmbar sind?

Dr. Ingo Neu, Oberarzt auf der neurologischen Abteilung des Münchner Klinikums Großhadern, versucht den Fall Ramosch zu rekonstruieren:

»Der Mann bekam auf der Stolzalpe seinen ersten Schlaganfall. Denkbar wäre, daß er im Landeskrankenhaus Graz noch einen zweiten erlitten hat. Ein solcher Schlaganfall geht zunächst einmal mit einer Lähmung einher, außerdem entwickelt sich schnell eine gewaltige Hirnschwellung. Möglich nun, daß diese Schwellung bei Herrn Ramosch auf des Atemzentrum und die Sehrinde im Gehirn drückte und deren Funktionen blockierte. Der Patient konnte jetzt nichts mehr sehen, und auch sein Kreislauf und die Atemtätigkeit wurden ganz schwach. Aufgrund der geringen Blutzirkulation fühlte sich der Mann dann so kalt an wie ein Toter.«

»Und wie ist die Versteifung des Körpers erklärbar, die vermeintliche Leichenstarre?«

»Zunächst verursacht der Schlaganfall eine schlaffe Lähmung. Aber im Laufe der Zeit kommt es zu Spasmen. Da die Nervenreize durch den Schlaganfall gestört sind, machen sich die Muskeln gewissermaßen selbständig und verkrampfen sich. Die Glieder werden dadurch steif.«

»Wie groß sind die Chancen, daß jemand eine derartige Schädigung überlebt?«

»Mir war bis jetzt kein Fall bekannt, der das lebend überstanden hätte.«

Josef Ramosch hat es überlebt, freilich nicht ohne Folgen: »Die Ärzte sagten mir damals, ein kinderhandgroßer Teil meines Gehirns sei abgestorben, allerdings nur Bewegungs- und keine Denkzellen. Ich mußte deshalb vieles neu lernen: Essen, sprechen, gehen.«

Während die Lähmung seiner linken Körperhälfte schon bald verschwand, ist er rechtsseitig noch immer behindert. Doch der einst so begeisterte Sportler, der Fußballspieler, Segelflieger, Boxer, Skiläufer, Radrennfahrer und Leichtathlet Josef Ramosch hat noch längst nicht aufgegeben: Täglich trainiert er an der Sprossenwand, mit dem Expander und auf einem medizinischen Fahrrad die gelähmten Glieder. »Und es wird täglich ein klein wenig besser«, sagt der 61jährige voller Freude. »Während ich früher zum Beispiel überhaupt nicht selbst Autofahren konnte, schaffe ich heute die Strecke Klagenfurt-München, ohne

Pause machen zu müssen.« Arbeiten kann der ehemalige Abteilungsleiter der Österreichischen Landesinvaliden-Versicherungsanstalt jedoch nicht mehr. Er lebt von einer Rente.

Haben die fürchterlichen Stunden im Zustand des Scheintodes sein späteres Dasein beeinflußt?

Ramosch meint: »Ja. Als allererstes habe ich meiner Frau die Wohnung überschrieben und alles so geregelt, daß sie und meine beiden Buben versorgt sind, was auch immer geschieht!«

Seine beiden Buben, das sind der 11jährige Manfred und der 16jährige Roland.

»Haben Sie nach der fehlerhaften Todesdiagnose eigentlich noch Vertrauen zu den Ärzten?«

»Ja, durchaus. Ich habe während meiner langen Krankheit zwar viele schlechte Mediziner, aber auch sehr viele gute erlebt.«

»Haben Sie keine Angst vor einem erneuten Scheintod?«

»Nein, darüber habe ich mir, ehrlich gesagt, noch keine Gedanken gemacht.«

»Fürchten Sie sich vor dem ‚richtigen‘ Sterben?«

»Auch da kann ich nur sagen: Nein! Ich weiß seit damals, wie angenehm das Sterben ist und ich habe deshalb keine Angst davor, auch nicht die geringste.«

»Glauben Sie, daß es ein Leben nach dem Tode gibt?«

»Aber ja, natürlich. Mit Sicherheit!«

»Sie sagen das so überzeugt, aber in den kritischen Augenblicken Ihres Scheintods haben Sie nicht gebetet. Sind Sie denn seit Ihrer Rettung gläubiger?«

»Ich war schon früher nie ein Heiliger, und heute bin ich überhaupt nicht mehr religiös. Ich glaube allerdings, daß es einen Herrgott gibt, aber nicht mehr an das ganze kirchliche Brimborium drumherum.«

»Herr Ramosch, vielen Dank für das Gespräch und weiterhin gute Besserung!«

*

Zwischen den vielen hundert Votiv-Tafeln der Heiligen Kapelle von Altötting, dem berühmten oberbayerischen Wallfahrtsort, steht ein mächtiges, zweieinhalb Meter hohes und gut anderthalb Zentner schweres Kreuz. Und mit dieser ungewöhnlichen Marien-Gabe hat es eine ganz besondere Bewandtnis: Das Eichen-Kruzifix wurde in einem zweitägigen Fußmarsch von Prien am Chiemsee nach Altötting geschleppt - als Dank für die Errettung vor dem Lebendig-begraben-Werden. Dem, der dieses Gelübde einst machte und auch erfüllte, war es ähnlich ergangen wie Josef Ramosch.

Franz Stocker, damals Zimmermann in Prien, erzählte seine Geschichte einst dem Altöttinger Kapellverwalter. Dieser hat den Bericht später veröffentlicht:

»Ich war 22 Jahre alt, als bei einer Holzfahrt aus den Bergen der Schlitten stürzte und mich unter der schweren Ladung begrub. Als man mich bewußtlos herauszog, waren die beiden Füße abgeschlagen, vier Rippen gebrochen und die Schädeldecke eingedrückt. In diesem schrecklich zerfetzten, elenden Zustand brachten sie mich nach München ins Allgemeine Krankenhaus zu dem berühmten

Mediziner Professor Nußbaum. Eine Operation nach der anderen machten die Ärzte an mir, um mich zu retten. Ich hatte viel auszustehen, das ganze Haus hatte Mitleid mit mir. Aber jetzt kommt das Ärgste.

Am 5. Februar 1884 fiel ich nach einer schweren Operation in Starrkrampf. Kalt und steif lag ich im Bett, unfähig, auch nur einen Finger zu rühren oder einen Muskel zu bewegen. Der Erstarrungszustand wurde allmählich ein derartiger, daß man mich für tot erklärte. Eine entsetzliche Angst überkam mich, als die Krankenschwestern mich für gestorben hielten und auch der Arzt dies schließlich bestätigte. Und ich hörte und ich sah alles! Um sieben Uhr abends wurde ich in den Sarg gelegt und in die Leichenkammer hinuntergetragen, wo bereits zwei Tote aufgebahrt waren. Da lag ich nun wie eine dritte Leiche unter den anderen. Ich wußte alles, was um mich und mit mir vorging.

Wie man mir den Rosenkranz um die Hand wickelte und das Sterbekreuz gab, wie man mich bedauerte und doch wieder glücklich pries, daß ich jetzt erlöst sei von den entsetzlichen Schmerzen und meinem jammervollen Zustand. Ich hörte, wie man betete: ‚O Herr, gib ihm die ewige Ruhe!' All das hörte und sah ich und konnte mir nicht helfen. Eine entsetzliche Angst überkam mich bei dem Gedanken, lebendig begraben zu werden! Ich hätte heulen und schreien und brüllen mögen in meiner schrecklichen Not und Todesangst, aber ich konnte den Mund nicht bewegen. Ich wollte alle Kräfte bis auf den letzten Rest anspannen, aber alles umsonst. Auch die geringste Bewegung war mir einfach unmöglich.

Meine Angst war so entsetzlich, daß ich meinte, es müßte mir das Herz brechen. Es war mir, als müßte ich wahnsinnig werden. Fieberhaft arbeiteten meine Gedanken, Stunde um Stunde verrann in quälendem, schier ewigkeitslangem Warten. Mein starrer Blick ruhte auf dem großen Kreuz vor mir in der Totenkammer. Ich fing an zu beten, und zwar so innig, wie ich noch nie gebetet hatte. Plötzlich kam mir der Gedanke: ‚Mach ein Gelübde zur Mutter Gottes von Altötting!' Und so gelobte ich dann: ‚Gnadenmutter von Altötting, ich habe keine Hoffnung mehr! Du allein kannst mir durch Deine Fürbitte noch helfen! Du bist mein letzter Hoffnungsstern! Wenn Du mir hilfst, daß ich nicht lebendig begraben werde, dann will ich ein zentnerschweres Kreuz von Prien nach Altötting zu Fuß tragen und dort am Gnadenaltar niederlegen.' Nach diesem inbrünstigen Gebet wurde ich innerlich ruhiger. Da, auf einmal um zwei Uhr nachts, ging die Tür der Leichenkammer auf, zwei Wärter kamen herein, nahmen mich unerwartet aus dem Sarg und trugen mich zu den Ärzten in ein Separatzimmer. Dort wurde ich unter Aufbietung aller Kraft am ganzen Leib massiert, gerieben und gebürstet, und schließlich auch noch auf den Kopf gestellt. Und da, auf einmal mußte ich erbrechen! Das erste Lebenszeichen.

Unter den fortgesetzten Bemühungen der Ärzte wich schließlich nach und nach die starre Lähmung der Muskeln und Glieder. Ich war dem Leben wiedergegeben. Der alte Professor Nußbaum kniete nieder und rief: ‚Gott sei Dank, daß dieser arme Mensch von dem entsetzlichen Tode des Lebendig-begraben-Werden bewahrt wurde'.«

Und so war die Rettung Stockers nach seinen eigenen Angaben abgelaufen: Kurz nach Mitternacht wurde, wie üblich, der wachhabende Doktor abgelöst. Bis zum nächsten Morgen hatte jetzt der Assistenzarzt Dr. Schmiedbauer Dienst. Er unternahm als erstes einen Rundgang durch die Säle der Schwerkranken. Dabei fand der Doktor das Bett des 22jährigen aus Prien leer.

»Wo ist denn der Stocker Franz hingekommen«, fragte Schmiedbauer die Schwester.

»Er ist heute nachmittag gestorben, Herr Doktor. Er liegt bereits seit sieben Uhr unten in der Leichenkammer.«

Der ‚Fall Stocker' ließ Dr. Schmiedbauer keine Ruhe. Er wollte nicht recht glauben, daß ein so junger und an sich gesunder Kerl so plötzlich das Zeitliche segnet.

»Sagen Sie, Schwester, ist eigentlich Professor Nußbaum von der Sache verständigt worden?«

»Nein, nicht daß ich wüßte, Herr Doktor«, sagte die Stationsschwester. Der Assistenzarzt weckte daraufhin mitten in der Nacht, um ein Uhr dreißig, den Professor. Und der alte Nußbaum stand auf und ließ sich, schwer gichtleidend wie er damals bereits war, unverzüglich in die Klinik hinübertragen. Seinen erfahrenen Augen entging es dann nicht, daß der junge Mann noch lebte.

Nach der Rettung dauerte es viele Wochen, ehe Franz Stocker das Hospital geheilt verlassen konnte.

Drei Jahre später, als er wieder bei vollen Kräften war, löste der junge Zimmermann sein Gelübde ein, und trug am 30. und 31. Mai 1887 das versprochene Kreuz den 65 Kilometer langen Weg von Prien nach Altötting, wo es heute noch steht.

Was aber geschieht, wenn kein Arzt, kein aufmerksamer Pfleger im letzten Augenblick die letzten Spuren des Lebens erkennt? Was passiert, wenn sich der Sargdeckel schließt und geschlossen bleibt? Darüber kann es keine Augenzeugenberichte geben.

Aber ein Dichter hat das geschildert: Edgar Allan Poe. Seine Sätze zeigen die Furcht, die Millionen Menschen beim Gedanken an den Scheintod packt:

»Es war dunkel, alles dunkel. Ich wußte, daß der Anfall vorüber war. Ich wußte, daß ich die Krisis meines Übels lange schon hinter mir hatte. Ich wußte, daß ich mein Sehvermögen jetzt vollständig wiederbesaß, und doch war es dunkel, war alles ringsum dunkel, herrschte die tiefe, schwarze, strahlenlose Nacht, die da auf immer währt.

Ich mühte mich zu schreien; und meine Lippen und meine ausgedörrte Zunge bewegten sich konvulsivisch bei dem Versuch, doch kein Stimmlaut entkam den höhligen Lungen, welche, wie unter dem Druck eines auf ihnen lastenden Berges, bei jedem Atemholen, jedem Nach-Atem-Ringen, keuchten und mit dem Herzen zuckend klopften.

Die Bewegung der Kinnbacken, die dieser Versuch, laut aufzuschreien, mit sich brachte, zeigte mir, daß sie hochgebunden worden waren, wie es bei einem Toten üblich ist. Auch fühlte ich, daß ich auf irgend etwas Hartem lag; und daß auch meine Seiten ein Ähnliches eng zusammenpreßte. Bis hierher hatte ich noch nicht gewagt, auch nur ein Glied zu regen, doch jetzt warf ich mit einer heftigen Bewegung die Arme in die Höhe, die mit gekreuzten Gelenken lang ausgestreckt gelegen hatten. Sie trafen auf festes Holz, welches in einer Höhe von nicht mehr denn sechs Zoll über meinem Gesichte dahinlief. Ich konnte nicht länger zweifeln, daß ich in einem Sarge ruhte.

Ich krümmte, ich wand mich und strengte mich krampfhaft an, den Deckel gewaltsam aufzubringen: er wollte sich nicht bewegen ..., und dann auch drang mir plötzlich der starke, eigentümliche Geruch von feuchter Erde in die Nüstern. Die Schlußfolgerung drängte sich unabweislich auf... Ich hatte einen Tranceanfall gehabt, derweil ich von zu Hause abwesend war, unter fremden Menschen, wann oder wie, daran vermochte ich mich nicht zu erinnern, und sie waren es gewesen, die mich verscharrt hatten wie einen Hund, mich eingenagelt in einen ganz gemeinen Sarg, und mich tief, tief, und für immer und ewig, in irgendein gewöhnliches und namenloses Grab geworfen hatten.«

Ein gräßlicher Alptraum, den hier der amerikanische Gruselliterat Edgar Allan Poe schildert. Doch die Wirklichkeit muß noch viel schrecklicher sein. Der Zustand von Menschen läßt darauf schließen, die erst exhumiert wurden, als es schon zu spät war...

Todeskampf im Sarg

Nur aus Zufall werden gelegentlich Beweise dafür entdeckt, daß der Todeskampf eines Verstorbenen erst unter der Erde stattgefunden hat. Vor über hundert Jahren hat zum Beispiel dieser Fall die Landesregierung in Hannover beschäftigt:

Klemens Müller war ein hageres, kleines Männchen, aber »zäh wie eine Katze«, sagten seine Freunde und Bekannten. Der Spinnradmacher aus Nordhausen bei Osnabrück hatte gerade erst seinen 90. Geburtstag gefeiert, da fand ihn seine Frau eines nieseligen Oktobermorgens kalt, bleich und steif in seinem Bett. Im Dorf betrauerte man seinen Tod, aber eigentlich hatte man mit seinem Ende schon längst gerechnet.

Der Doktor sah ihn sich nur kurz an und meinte dann in seiner netten, freundlichen Art: »Na ja, Klemens, hast ja lang genug gelebt«, und schrieb den Leichenschein aus.

Der tote Spinnradmacher wurde in seine beste Kluft gesteckt. Einer der Schreiner von Nordhausen zimmerte für ihn den Sarg. Dann fuhr man ihn in der hochrädrigen, schwarzen Totenkutsche nach Osterkappeln bei Nordhausen, wo Klemens Müller auf dem Kirchhof bestattet werden sollte. Wie das damalige Hannoversche Landesgesetz vorschrieb, blieb er zuvor allerdings noch 72 Stunden lang bei geöffnetem Schrein aufgebahrt.

Am nächsten Morgen hielt der Pastor die Trauermesse, und wenig später war der Spinnradmacher unter der Erde.

Die Toten wurden damals auf dem winzigen Friedhof von Osterkappeln sehr eng nebeneinander beigesetzt, ohne Rücksicht auf irgendwelche besondere Herkunft oder Alter. War die eine Reihe voll, begann man direkt gegenüber mit einer neuen Grabfurche. Ein höchst platzsparendes Verfahren. Auf diese Weise hatte jeder Schrein nicht nur zwei Seitennachbarn, sondern zudem am Fußende noch ein Gegenüber. Beim Ausheben einer frischen Grube wurde so stets die untere Frontwand eines Sarges in der alten Reihe sichtbar.

Wie es der Zufall wollte, starb zwei Tage nach Klemens Müller ein weiteres Gemeindemitglied. Der Totengräber Sebastian Holzer machte sich nur widerwillig daran, die Gruft auszuheben. Es war kalt und regnerisch, und so war der Mann trotz fester Kleidung und derbem Schuhzeug bald durchnäßt. Er fror. Nach jedem fünften Spatenstich in die feuchte, schwere Erde hob er den kleinen, mit Schnaps gefüllten Flachmann an die Lippen und nahm einen kurzen Schluck.

Als er das blankgegrabene Schaufelblatt erneut in den Boden trat, brach unversehens von der alten Sargreihe her eine große Scholle zur Seite. Was Sebastian Holzer jetzt sah, machte ihn stutzig. Das konnte doch nicht wahr sein!

Und der Totengräber rannte, von Grausen gepackt, zur nahegelegenen Pfarrei. Als ihm dort die Haushälterin öffnete, stieß er keuchend hervor: »Oh, bitte, ich muß den Hochwürden sprechen. Es ist ganz dringend!«

Als er diesem eine halbe Minute später gegenüberstand und ihm von der angeblich so fürchterlichen Entdeckung erzählte, lächelte der Geistliche nur milde: »Schon gut, Sebastian. Wir kennen das ja alle, der Alkohol, der Alkohol«, und schüttelte dabei freundlich-tadelnd den Kopf. Ihm war die »Fahne« des Sabastian Holzer keineswegs entgangen.

Als ihn der Totengräber nun bei allen Heiligen beschwor, dennoch mitzukommen, zog sich der Pastor schließlich doch seine Soutane über und folgte dem vorauseilenden Sebastian Holzer auf den Gottesacker.

»Heilige Maria und Josef«, entfuhr es auch dem Pfarrer, als er dann sah, was er sehen sollte: Beim Ausheben der neuen Gruft war das Fußende des Sarges von Klemens Müller freigelegt worden, und eben dieser Teil war völlig zersplittert, fast herausgetrieben, oder genauer: herausgetreten!

»Los, Sebastian, grab auf, schnell!« befahl der Pastor und lief davon, um den Bürgermeister und den Arzt zu informieren.

Als Sebastian Holzer wenig später den Deckel des Schreins abhob, bot sich den Umstehenden ein grausiges Bild: Der Leichnam des Klemens Müller lag wie ein Bogen gespannt in seinem Sarg. Die Bauchseite war nach unten gekehrt, sein verzerrtes Gesicht völlig zerkratzt, die Kleidung zerrissen und der ganze Körper des Toten mit Wunden übersät. Man hatte einen Scheintoten zu Grabe getragen.

Nach der Beerdigung war der alte Klemens wieder erwacht und hatte nun verzweifelt versucht, sich aus seinem schrecklichen Gefängnis zu befreien. Wie sich rekonstruieren ließ, hatte er sich dabei im Sarg umgedreht, um anschließend mit größtmöglicher Kraft den Deckel aufzustemmen. Bei seinen übermenschlichen Anstrengungen muß dann irgendwann das vier Zentimeter starke Brett am Fußende zerborsten sein. Für Klemens Müller gab es freilich kein Entrinnen mehr, zu schwer waren die anderthalb Meter lehmiger Erde über ihm. Nach einem furchtbaren Todeskampf, der wohl mehrere Stunden gedauert hatte, war der Spinnradmacher völlig erschöpft und verkrampft gestorben.

Als die damalige Hannoversche Landesregierung von dem Vorfall in Osterkappeln erfuhr, änderte sie umgehend die Bestattungsvorschriften. Fortan durfte kein Toter mehr begraben werden, der nicht zuvor mindestens 96 Stunden lang aufgebahrt gewesen war. Für einige Zeit wurden nun die Leichenbeschauer sehr aufmerksam.

Möglichst strenge Gesetze für die Bestattungsordnung schwebten bereits rund hundert Jahre früher auch dem französischen Medicus Jacques Jean Bruhier vor, der nicht müde wurde, seinen Landsleuten immer wieder aufs neue die Gefahr des Scheintodes vor Augen zu führen. So schrieb er 1754 ein Buch, das den komplizierten Titel trägt: »Abhandlung von der Ungewißheit der Kennzeichen des Todes und dem Mißbrauche, der mit übereilten Beerdigungen und Einbalsamierungen vorgeht«. Mit seiner Arbeit, die mittlerweile Medizingeschichte geworden ist, machte er nicht nur in Fachkreisen Furore, sondern sprach auch eine breite Öffentlichkeit an. Und um dem ‚einfachen Mann' die Dringlichkeit seines Anliegens zu verdeutlichen, griff der damals höchst renommierte Arzt nicht selten zu recht plastischen Darstellungen.

Hier eine kurze, zum Thema passende Kostprobe aus den vielen hundert Fallbeispielen Bruhiers. Zweifel am Wahrheitsgehalt des folgenden Histörchens sind erlaubt, auch wenn der Doktor versichert:

»Diese Geschichte und beyden folgenden sind mir von Bordeaux im Jahre 1747 von einem meiner guten Freunde zugeschicket worden, dem ich insonderheit eingebunden hatte, mir keine einzige zu schicken, die ungewiß wäre.«

Nun denn!

»Man begrub eine Frau in der Pfarrkirche von Cadillac, einer kleinen Stadt fünf Meilen von Bordeaux. Auf den Abend hörete der Küster, da er zum Gebet des englischen Grußes anschlug, etwas ächzen. Er horchete daher genau zu, und hörete noch weiter eben ein solches Ächzen. Hierauf näherte er sich dem Orte, wo solches herkam, und befand sich nahe bey dem Orte, wo die Frau war begraben worden. Er gieng den Augenblick hin, dem Pfarrer von dem was er entdeckt hatte, Nachricht zu geben. Der Pfarrer hieß den Küster einen Phantasten. Dieser, den der Verweis verdroß, gieng darauf wieder in die Kirche, und ward je länger je mehr in seiner Meynung bestätiget, worauf er wieder zu dem Pfarrer kam, der sich nicht länger weigern konnte, selbst an den Ort zu gehen. Er fand das, was ihm der Küster gemeldet hatte, nur mehr denn zu wahr. Hierauf schickte man hin, und ließ den Richter des Ortes hohlen. Das Grab ward geöffnet, und die Frau wirklich lebendig gefunden, hatte aber die Hälfte des rechten Arms und die ganze Hand hinweg gefressen. Sie starb den Augenblick, als sie an die freye Luft gebracht ward.«

Bruhier führt in diesem Zusammenhang auch das »erbärmliche Ende« des oströmischen Kaisers Zeno an, der vormals tatsächlich scheintot in die Gruft gesenkt worden war, und zwar nach einem epileptischen Anfall.

Bruhier schreibt:

»Die Wachen, welche man zu dem Grabe gestellet hatte, in welches man ihn geleget hatte, haben gemeldet, sie hätten zwo Nächte hintereinander eine aus dem Grabe kommende klägliche Stimme gehöret: ‚Erbarmet euch meiner, helfet mir heraus!‘, und als man ihm geantwortet, daß ein anderer auf den Thron gestiegen sey, so habe er versetzet: ‚Was geht das mich an? Man mag mich in ein Kloster stecken!‘ Dem ohngeachtet kam man ihm nicht zu Hülfe, und man erzählet, man habe einige Zeit hernach bey geschehener Eröffnung des Grabes gefunden, daß Zeno aus Hunger seine Arme, ja sogar auch seine Schuhe angefressen habe.«

Wie man sieht, lagen früher gerade in diesem Bereich Wahrheit und Phantasie sehr nah beieinander. Doch es gibt auch ernstzunehmende Berichte aus jüngerer Zeit.

Es war im Sommer 1937. In Hamburg wurde auf Befehl der nationalsozialistischen Machthaber der jüdische Friedhof an der Rentzelstraßenbrücke aufgelassen, wo heute der Fernsehturm steht. »Aufgelassen«, ein vornehmes, ein zu schönes Wort für das, was damals dort geschah. Schon am frühen Morgen fuhren zwei schwervergitterte Busse mit Strafgefangenen vor: Diebe, Einbrecher, Schmuggler, Zuhälter. Zur Aufsicht des Arbeitskommandos waren uniformierte Wärter mit Wachhunden und bewaffnete Polizei eingesetzt. Der Auftrag lautete: »Sämtliche jüdische Gräber räumen.« Pietät war dabei nicht gefragt. Und so machten sich die Männer mit Pickel und Spaten an ihr makabres Werk, stets zwei Häftlinge an einer Ruhestätte. Nach fünfzehn Minuten lag das erste Grab offen. Es war nicht viel übriggeblieben: ein paar Holzbohlen, Metallgriffe, ein Gerippe. Der eine Gefangene sprang in die Grube und reichte die sterblichen Reste seinem Kollegen herauf. Der warf sie auf einen bereitstehenden Wagen.

Zwei Reihen weiter hinten wurde derweil ein gerade vier Monate altes Grab ausgehoben. Der Sarg war noch völlig unbeschädigt. Als man ihn öffnete, fand man die Leiche eines alten Herrn, die merkwürdigerweise keine Spur von Verwesung zeigte. Auch er kam auf einen Anhänger, um Stunden später eingeäschert zu werden.

Hunderte von Schaulustigen sahen beklommen dem würdelosen Treiben zu, aber niemand wollte und konnte etwas dagegen unternehmen. Ein Grab nach dem anderen wurde unter Hundegekläff und kurzen Befehlen ausgeräumt. Plötzlich rief ein Aufseher mehrere Männer zusammen. Seine beiden Leute waren auf eine gemauerte Gruft gestoßen, welche mit einer gut drei Meter langen und zwei Meter breiten Marmorplatte abgedeckt war. Sie konnten den riesigen Stein nicht ohne Hilfe heben.

Drei Minuten später wurden schwere Eisenketten in die vorgesehenen Ösen geklinkt, ein Flaschenzug spannte das Stahlseil. Ächzend hob sich die zentnerschwere Platte, dann lag die Gruft frei. Als die Männer hineinblickten, stieß einer von ihnen einen heiseren Schrei aus, die anderen blieben wie versteinert am Mauerrand stehen. Sie mußten etwas Furchtbares entdeckt haben.

Neugierige drängten sich heran, unter ihnen ein damals sechs Jahre altes Mädchen namens Charlotte Dommerdich, das zu dieser Zeit mit seinen Eltern in der nahen Grindelallee wohnte. Die Kleine konnte sich bequem zwischen den Beinen der Erwachsenen hindurchschieben und dann selbst einen Blick in die geheimnisvolle Gruft tun.

Schaudernd gab sie viele Jahre später zu Protokoll, was sie gesehen hatte: »Da unten, auf dem marmorgefliesten Boden, standen acht Eichensärge nebeneinander. Einer von ihnen war aufgebrochen und leer. Dann sah ich die Reste dieses Menschen, der da dringelegen hatte. Sein Skelett lag jetzt direkt neben dem offenen Sarg. Er muß sich zuletzt wohl mit dem Rücken an die Gruftwand gelehnt haben, denn sein Schädel war ein wenig zur Seite gerollt. An den knochigen Fingern steckten noch einige Ringe.«

Was sich Charlotte Dommerdich damals selbst nicht hatte erklären können, hörte sie von debattierenden Polizisten und Arbeitern auf dem Friedhof: Ein Scheintoter war in dem Mauergrab wieder zu Bewußtsein gekommen. Wie sich später herausstellte, handelte es sich um einen jungen Mann. Er hatte den Sargdeckel aufstemmen können, doch anschließend keine Chance gehabt, die Steinplatte von der Gruft zu schieben. So war er schließlich neben seiner toten Familie qualvoll verhungert.

*

Heutzutage, im letzten Drittel des 20. Jahrhunderts, müßte solches nicht mehr vorkommen. Doch ausgeschlossen ist es leider nicht. Hauptprobleme sind dabei schlechte Gesetze und die mangelhafte Ausbildung unserer Ärzte: Deutschlands Doktoren wissen zu wenig - zumindest auf dem Gebiet der Leichenschau...

Das Lehrfach »Tod« ist nicht gefragt

Ist es wirklich denkbar, daß in der Bundesrepublik auch heute noch Menschen lebendig beerdigt werden, daß sie erst im Grab wieder zu sich kommen? Es ist denkbar. Allein in Baden-Württemberg wurden in einem einzigen Jahr, 1976/77, fünf Fälle bekannt, bei denen die Opfer nach versuchtem Tablettenselbstmord zwar auf dem Schein tot, aber eben nur scheintot waren.

Die Wahrscheinlichkeit spricht dafür, daß es noch mehr Fälle gibt, die unbekannt geblieben sind. Von den zuständigen Stellen wird dies verständlicherweise energisch bestritten. Gerd Eckstein, Ministerialrat im Stuttgarter Sozialministerium zum Beispiel, wies derlei Überlegungen, trotz der Vorfälle im eigenen »Musterländle«, weit von sich. Vor den Fernsehkameras des Südfunks beteuerte er öffentlich:

»Aus Anlaß der uns vorgelegten Dokumentation haben wir im übrigen die Leiter der großen Friedhofsämter der Städte befragt. Auch diesen ist aus langen Jahren zurückliegend kein einziger Fall bekannt, wo auch nur der Verdacht, - der Verdacht! - hätte bestehen können, daß so etwas einmal passiert ist. Ich halte es auch nach der gegebenen Rechtslage für völlig ausgeschlossen, daß in dem Sinne, wie es in der breiten Öffentlichkeit verstanden wird, ein Scheintoter, also ein noch Lebender, beerdigt wird. Die Regelung des Bestattungsgesetzes und auch der Bestattungsverordnung schließen das mit absoluter Sicherheit aus!«

Gerade dies aber bezweifelt Professor Hans-Joachim Mallach (54), hünenhaft gewachsener Gerichtsmedizin-Ordinarius aus dem malerischen Tübingen:

»Von den vier Fällen, die ich inzwischen untersucht und in der Fachzeitschrift ‚Medizinische Welt' publiziert habe, hat einer überlebt. Wenn man diese Frau seinerzeit ins Grab gelegt hätte, dann hätte man damit rechnen müssen, daß sie wieder aufgewacht wäre!«

Professor Mallach dachte dabei an die damals 41jährige Monika Abelein,* die diesem schrecklichen Ende gerade noch in letzter Minute entgangen war. Ihr hatte sich das Leben schon lange nicht mehr von seinen schönen Seiten gezeigt. Seit ihren Jugendjahren schleppte sie eine schmerzhafte Dickdarmreizung mit sich herum, und 1969 holte sie sich zudem noch eine chronische Leberentzündung. Diät, Tabletten, Schmerzen, das war der Alltag der Monika Abelein. Menschlich traurig, aber durchaus verständlich, daß sich ihr Mann, beruflich erfolgreich und in den besten Jahren, von ihr ab- und einer anderen, einer gesünderen und lebenslustigeren Frau zuwendete. 1974 reichte Monika Abelein die Scheidung ein. Die anschließenden Anwaltsbesuche, die schmutzige Wäsche, die jetzt in er-

---

* Name geändert.

niedrigender und häßlicher Weise gewaschen wurde, all das belastete die körperlich angeschlagene Frau bis an den Rand ihrer psychischen Leistungsfähigkeit. Fast zwei Jahre lang hielt Monika Abelein durch, dann war sie mit ihren Nerven am Ende.

Es kommt der 19. Mai 1976. Der Tag ist sommerlich warm, der Himmel strahlend blau, die Luft duftet nach frischgemähtem Gras. Ein Traumwetter. Doch auch das kann die schwer depressive Frau nicht mehr aufheitern. Seit dem frühen Morgen schon wird sie von Dickdarmreizungen gequält, die unerträgliche, brennende Schmerzen verursachen. Am späten Abend faßt sie plötzlich den verhängnisvollen Entschluß: Sie geht ins Badezimmer und sucht dort in dem kleinen Medikamentenschränkchen an der Wand ihre ganzen Bestände an Schmerz-, Schlaf- und Beruhigungsmitteln zusammen. Anschließend schreibt sie noch einen kurzen Abschiedsbrief, deponiert diesen gut sichtbar auf dem Küchentisch, und steigt anschließend in die Garage hinab.

Dort unten, in ihrem kleinen Wagen, löst Monika Abelein eine todbringende Dosis Tabletten in einem Zahnbecher voll Wasser auf, und würgt den weißen Brei in sich hinein. Und es dauert keine zwei Minuten bis ihr die Sinne schwinden...

Erst am nächsten Morgen gegen 9 Uhr wird die Leblose entdeckt. Was dann geschieht, beschreibt Professor Mallach so:

»Der umgehend gerufene Arzt erscheint bald danach, fühlt den Puls, untersucht ‚irgendwie das Genick‘, erklärt sodann, der Körper sei kalt und pulslos, und benachrichtigt kurz vor 10 Uhr die Polizei: Es handele sich um einen unnatürlichen Tod - Selbsttötung durch Einnahme von Tabletten. Wann der Tod eingetreten sei, könne er nicht feststellen; er habe die ‚Leiche' im Fahrzeug belassen.«

So weit, so schlecht. Als Minuten später Kriminalbeamte die Garage betreten, finden sie die Selbstmörderin auf der vorderen Sitzbank des Autos zusammengekrümmt und auf der linken Körperseite liegend vor. Das grünlichbleiche Gesicht wirkt eingefallen, der Mund und die Augenlider sind halb geöffnet. Die Tote trägt ein kurzärmeliges Sommerkleid.

Da die Garage nur schwach beleuchtet ist, schieben die Polizisten den Wagen nach draußen. Als helles Sonnenlicht auf den Leichnam fällt, macht einer der Kriminalbeamten eine seltsame Beobachtung: Er bemerkt »eine leichte Bewegung auf der rechten Halsseite.« Er untersucht die 41jährige und fühlt »Pulsationen der Halsschlagader und eine flache Atmung.« Über Funk wird Sekunden später der voreilige Doktor zurückbeordert. Gleichzeitig mit dem Arzt trifft auch der Rettungswagen ein.

Noch an Ort und Stelle bekommt Monika Abelein jetzt eine kreislaufanregende Spritze verabfolgt. Dann geht alles sehr, sehr schnell: Trage hinein, Heckklappe zu, Sauerstoff, Blaulicht, ab geht die Fahrt.

Auf der Intensivstation des nahegelegenen Krankenhauses ist alles vorbereitet, doch es sieht böse aus für Monika Abelein. Bei ihrer Einlieferung ist sie, wie bei Barbituratvergiftungen üblich, stark unterkühlt, tief bewußt- und völlig reflexlos. Die Pupillen sind stark zusammengezogen, Herztöne und Atemtätigkeit ohne elektronische Meßgeräte nicht mehr wahrnehmbar. Der einzige Lichtblick in dieser fast aussichtslosen Situation ist das Elektrokardiogramm, kurz EKG genannt. Die fluoreszierende Zackenlinie zeigt noch 34 Schläge pro Minute an, 75 wären normal. Die Ärzte tun das menschenmögliche. Trotzdem kommt der Kreislauf nur sehr schleppend, die Atmung gar nicht in Gang.

Um 13 Uhr dann verschlimmert sich der Zustand von Monika Abelein weiter: Die anfangs verengten Pupillen werden langsam immer weiter und größer und dann schließlich starr und reaktionslos wie bei einer Toten. Am Abend zeigt das Elektroenzephalogramm (EEG), das die Gehirnströme mißt, die gefürchtete Nullinie. Das Gehirn hat scheinbar aufgehört zu leben. Die Ärzte haben keine Hoffnung mehr, setzen die Wiederbelebungsmaßnahmen aber vorerst fort.

Auch während der nächsten zwei Tage zeigt sich keinerlei Besserung. Doch nach der zweiten Blutwäsche ist der Tiefpunkt ganz plötzlich überwunden. Am 26. Mai, genau eine Woche nach ihrem Selbstmordversuch, kommt Monika Abelein wieder zu Bewußtsein.

Knapp vier Wochen später wird sie aus der Klinik entlassen und einem Psychotherapeuten überantwortet, der sich ihrer seelischen Schwierigkeiten annimmt.

Monika Abelein ist kurz danach umgezogen, und hat sich mittlerweile irgendwo in Baden-Württemberg eine neue Existenz aufgebaut. Sie bat darum, ihren richtigen Namen und ihre heutige Anschrift geheimzuhalten - sie möchte ihr neues, ihr zweites Leben in Ruhe leben.

Wie sind nun solche schwerwiegende Irrtümer bei der Todesfeststellung möglich? Professor Hans-Joachim Mallach sieht die Wurzel allen Übels in den gesetzlichen Bestimmungen der einzelnen Bundesländer. Im »reformatorischen Übereifer«, wie es Mallach formuliert, wurden beispielsweise in Baden-Württemberg Anfang der siebziger Jahre spezielle Leichenschauärzte und Laien-Leichenschauer kurzerhand abgeschafft. Die unschöne, aber notwendige Pflicht oblag fortan bundeseinheitlich jedem niedergelassenen Mediziner.* »Jeder niedergelassene Arzt«, das ist im Sinne des Gesetzes auch jeder Facharzt, und zwar ohne Ausnahme. So werden heutzutage zum Beispiel auch Gynäkologen, Dermatologen, Lungenfachärzte und Kinderheilkundler zum Sterbelager zitiert. Die Regelung sollte die gesetzlich vorgeschriebene Leichenschau auf eine breitere, qualifiziertere Basis stellen. Und die Gesetzgeber in den einzelnen Länderparlamenten hatten und haben eine hohe Meinung vom Standardwissen eines praktizierenden Fachmediziners.

So ist Gerd Eckstein vom Stuttgarter Sozialministerium überzeugt: »Jeder Arzt, der sich ja schließlich als Schwerpunkt seiner Aufgabe mit Leben, Krankheit und Tod befaßt, ist in der Lage, den Eintritt des Todes festzustellen.«

Und auch Standesvertretungen, wie die Bayerische Landesärztekammer, sehen in der gegenwärtigen Regelung keine Gefahr. Hauptgeschäftsführer Dr. Lothar Sluka: »Wir sind der Meinung, das ist etwas ähnliches wie

---

* Siehe die am Schluß des Buches abgedruckten Verordnungen.

bei der Notfallsituation. Bei einem Unfall ist ja auch jeder Arzt zur Hilfeleistung nach bestem Wissen und Gewissen und Können verpflichtet, ohne daß dies auf bestimmte Fachgebiete beschränkt ist.«

Was in der Theorie gerade noch angehen mag, sieht dann in der Praxis wahrlich finster aus. Leute, die von Berufs wegen ständig mit Toten zu tun haben, sehen Gründe genug für Kritik an den bestehenden Gesetzen.

So erzählt ein Stuttgarter Kriminalkommissar: »Ich persönlich halte die Regelung für großen Mist. Nicht nur einmal habe ich erlebt, daß der herbeigerufene Arzt mich gefragt hat, wie sich denn das mit den sicheren Todeszeichen verhält. Aber ich kann so etwas durchaus verstehen: Wer den ganzen Tag Hälse auspinselt oder Knochen einrenkt, der hat einfach nicht die nötige Erfahrung mit Leichen.«

Und ein Berliner Feuerwehrmann berichtet gar: »Bei meinen Einsätzen ist es mir immer wieder passiert, daß mich der Doktor gebeten hat: ‚Sagen Sie mal, ist der jetzt tot oder nicht?‘«

Auch ein oberbayerischer Bestattungsunternehmer äußert sich ähnlich negativ: »Also, was ich da schon alles erlebt hab', das spottet jeder Beschreibung. Erst neulich, bei einem Unfall, wollte der junge Arzt von mir wissen, was er jetzt machen soll.«

Und einem inzwischen pensionierten Kriminalhauptkommissar aus dem schwäbischen Ulm widerfuhr vor zweieinhalb Jahren ebenfalls nachdenklich stimmendes: Er wurde eines Sonntags zu einem Todesfall gerufen. Als er das Sterbezimmer betrat, fand er über die Leiche gebeugt eine weinende junge Frau vor, die sich mit Mund-zu-Mund-Beatmung mühte. Der Beamte, der die bereits eingetretenen Totenflecken sah, nahm sie behutsam in den Arm und sagte: »Kommen Sie, Ihrer Schwester ist nicht mehr zu helfen!« Das Fatale freilich: Die Schluchzende war nicht etwa die Schwester, sondern die Notärztin.

Kein Wunder also, daß Fälle wie Emma Sikorski und Monika Abelein nicht alleine stehen.

Da war zum Beispiel noch die ebenfalls von Mallach erwähnte 23jährige Studentin aus Heidelberg. Am 18. September 1976 wurde das Mädchen zum letzten Mal gesehen. Fünf Tage später erst fand man sie; vollständig angezogen, auf dem Bauch liegend, das verschmutzte Gesicht in einer Lache von Erbrochenem. Einer der Notfallsanitäter: »Mein erster Eindruck war der einer tiefen Bewußtlosigkeit.«

Die Männer säuberten Mund und Rachen des Mädchens und begannen mit künstlicher Beatmung und Herzdruckmassage. Dann kam der Notarzt. Mit fachmännischem Blick diagnostizierte dieser eine »wächserne Hautfarbe«, fühlte eine »deutlich herabgesetzte Körpertemperatur«, außerdem weite, lichtstarre Pupillen. Als er ganz leicht mit einer Nadel das Auge der Leblosen berührte, kam keine Reaktion. Und da auch mit dem EKG keine Herztätigkeit mehr nachweisbar war, griff der Doktor zu Kugelschreiber und Totenschein und erklärte die 23jährige kurzum zur Leiche. Daß all diese Anzeichen auch für einen Scheintod charakteristisch sind, das wußte der Mediziner nicht. Und so ließ er sich auch nicht durch das Geschwätz der Sanitäter beirren, die darauf hinwiesen, der Unterkiefer der nunmehr Totgeschriebenen würde sich immer noch intervallartig absenken, auch die »Körperoberfläche im Bauchbereich« zeige Bewegung. Der Arzt deutete solches schlicht als »hypoxische, tonisch-klonische Zwerchfellkrämpfe nach klinisch eingetretenem Tod«, und ordnete den Abbruch der Wiederbelebungsmaßnahmen an.

Während der Heilkundige und seine Gehilfen dann zusammenpackten, traf gegen 15.40 Uhr die Kripo ein. Einer der Beamten gab später zu Protokoll: »Ich sah sofort, daß die Frau atmete, wobei sie die Unterlippe jeweils ein wenig nach unten zog. Auf dem Brustkorb konnte man die Atmung allerdings nur schwach erkennen.«

Der Polizist fragte dann auch vorsichtig bei dem Doktor nach: »Meinen Sie, daß die Frau wirklich tot ist?«, woraufhin der Arzt den Besserwisser beschied: »Das Mädchen ist gehirntot. Was sie hier noch sehen, ist eine Reflex- und Schnappatmung. So was gibt es öfter. Natürlich könnten wir jetzt in der Klinik die Atmung weiter in Gang halten, aber zum Leben erwecken, das geht leider nicht mehr, Herr Kommissar. Und außerdem: Lassen sie das Ganze mal meine Sorge sein. Ich trage ja schließlich die Verantwortung!«

Als der Beamte dennoch weiterhin hartnäckig Zweifel anmeldete, ließ sich der Mediziner zu erneuten Reanimationsmaßnahmen überreden. Wie im Protokoll später festgehalten wurde, ging während der ganzen Zeit die Atmung gleichmäßig weiter. Der Brustkorb hob und senkte sich, zwar schwach, aber deutlich sichtbar.

Als der Arzt auf Bitten der Beamten das Stethoskop erneut ansetzte, hörte er Herztöne. Dem Mediziner traten Schweißperlen auf die Stirn. Das jetzt zum zweitenmal angelegte EKG zeigte regelmäßige Zuckungen. Doch der Doktor mochte es nicht glauben. Seine Erstdiagnose untermauernd, verkündete er Umstehenden den baldigen Exitus: »Es wird nicht mehr lange dauern!«

Um 16.30 Uhr war die Studentin dann tatsächlich tot. Sie könnte vielleicht noch heute leben, wäre sie damals sofort in eine Klinik eingeliefert worden. In diesem Fall war es eine Überdosis Valium gewesen, die den Scheintod verursacht hatte.

Trotz insgesamt verbesserter Medizinerausbildung und strengeren Prüfungen sind derlei Fehlentscheidungen auch künftig nicht ausgeschlossen. Das Lehrfach »Tod« ist nicht gefragt. »Die neue Approbationsordnung stellt dem Fach gerichtliche oder Rechtsmedizin nur eine geringe Zeitspanne zur Verfügung, um diese Dinge mit den Studierenden zu besprechen«, weiß Professor Mallach.

Auch beim Institut für Rechtsmedizin an der Universität München ist man über die Zustände besorgt: »Wir versuchen gerade diesen Stoff besonders interessant zu gestalten, damit die Vorlesungen von den Studenten regelmäßig besucht werden und etwas Wissen hängenbleibt. Aber inzwischen haben wir festgestellt, daß die meisten bei uns nur reinschauen, weil Sensationelles geboten wird.

Nur wenige behalten leider etwas davon«, sagt Privatdozent Wolfgang Eisenmenger, der sich in den Veranstaltungen des Münchner Instituts mit dem Scheintod befaßt.

Die rechtsmedizinische Wissenslücke bedeutet für den Erfolg der anschließenden Examina keinen Nachteil: Gerichtsmedizin wird im Rahmen des ökologischen Stoffgebiets gelehrt, zusammen mit Fächern wie Sozialhygiene, öffentliches Gesundheitswesen und anderen mehr. Wer die Prüfung bestehen will, muß nun nicht etwa in jedem Teilgebiet profunde Kenntnis beweisen, sondern lediglich 60 Prozent aller Examensfragen richtig beantworten. Studenten, die sich in anderen Bereichen besonders gut auskennen, können Rechtsmedizin demnach getrost vernachlässigen. Für die werdenden Ärzte mag die Regelung sehr angenehm sein; weniger angenehm ist sie freilich für die späteren Patienten, die sich dann ob solchem Ausbildungsmangel in der Leichenhalle oder unter feuchter Erde wiederfinden.

Um solchem rechtzeitig vorzubeugen, fordern Mallach und sein Heidelberger Kollege Schmidt die alsbaldige Berufung spezieller Leichenschauärzte, die, wie ehedem, für einen bestimmten Bezirk zuständig wären. Doch die staatlichen Stellen weisen ein derartiges Ansinnen bislang noch zurück. Und auch die Ärztekammern unternehmen nichts. Den Bayern beispielsweise geht es dabei vor allem um das Ansehen ihrer Doktoren in der Öffentlichkeit. Hauptgeschäftsführer Dr. Lothar Sluka fürchtet:

»Wenn nur noch besondere Amtsärzte die Leichenschau machen würden, dann könnte dadurch vielleicht der Verdacht entstehen, daß der niedergelassene Arzt minder leistungsfähig sei in bezug auf die Beurteilung des tatsächlich eingetretenen Todes.«

Der Bundesärztekammer dagegen sind die Scheintoten nicht scheintot genug und außerdem vorerst noch zu wenige. Hauptgeschäftsführer Professor h.c. Volrad Denecke: »Natürlich wird man Fälle finden, aber ich weiß nicht, ob das deshalb ein ganz großes Problem ist. Es darf hier doch nicht um Einzelfälle gehen, sondern der quantitative Überblick ist entscheidend.«

Wie man also hört: Die Masse muß es bringen.

*

Aber bleiben wir bei den Einzelfällen. Davon gibt es viele. Zuviele. Dieses Buch schildert sie in den folgenden Kapiteln, weil sie Lehrbeispiele dafür sind, was falsch gemacht und falsch eingeschätzt werden kann. Zunächst geht es um Gift und Kälte, die Leben retten können.

Wie Gift und Kälte Leben retten

Es ist kurz nach 15 Uhr, als der seit Tagen andauernde Regen unvermittelt in ein Schneetreiben übergeht. Minuten später ist die Havelchaussee spiegelglatt. »Scheißwetter«, flucht der Berliner Gemüse-Großhändler Wilhelm Kanner,[*] der sich zu dieser Zeit auf dem Nachhauseweg befindet. Trotz der aufgeblendeten Scheinwerfer ist die Sicht miserabel.

Plötzlich erfaßt der Lichtkegel ein großes, graues Bündel am rechten Straßenrand. Kanner tritt auf die Bremse und läßt den Wagen langsam heranrollen. Dann kann er es deutlich erkennen: Neben dem Graben liegt eine junge Frau, mit dem Kopf direkt auf der Fahrbahn. Sie ist völlig durchnäßt, die Kleider kleben ihr am Leib, die Haare sind wirr und verschmutzt.

»Mein Gott, Mädchen, was machen Sie denn hier? Bei der Kälte holen Sie sich ja den Tod«, ruft Kanner und meint dann fast väterlich: »Na, stehen Sie auf, ich nehme Sie mit in die Stadt.« Sein Angebot kommt zu spät, die Frau bewegt sich nicht mehr.

---

[*] Name geändert.

Der kräftige, breitschultrige Mann hebt das leblose Mädchen auf, trägt es zum Auto und bettet es dort auf den Rücksitz. Dann wendet er und fährt zurück in Richtung Heerstraße – zum nächsten Polizeiposten.

»Die hättste man gleich auf'm Friedhof abliefern sollen. Da ist nichts mehr zu machen«, meint der diensthabende Beamte, nachdem er dem Mädchen den Puls gefühlt hat. Für den Wachtmeister ist der Fall klar: Ein Selbstmord, wie man ihn hier auf dem Revier in Grunewald ständig erlebt. Fast täglich wird einer aus der nahen Havel gezogen oder von den Streifenhunden in den umliegenden Waldungen aufgespürt. Sie alle werden auf einer kleinen Lichtung des Havelhochufers oberhalb von Schildhorn beerdigt oder besser gesagt: verscharrt. Offiziell heißt die unselige Stätte »Friedhof der Namenlosen«, im Volksmund freilich nennt man sie den »Selbstmörderfriedhof«.

Auf der Polizeiwache Grunewald ist inzwischen der Gemeindearzt Dr. Wagner eingetroffen. Er untersucht die Frau sorgfältig, doch kann auch er keine Spuren des Lebens mehr feststellen. Der Körper des Mädchens ist steif, die Totenstarre hat also bereits eingesetzt. Auch Puls, Herztöne und Atmung sind nicht mehr wahrnehmbar. Doch der Mediziner gibt sich damit noch nicht zufrieden: Mit einer Nadelspitze ritzt er die Hornhaut des Augapfels, doch vergebens. Und dann ein letzter Versuch: Dr. Wagner hält eine Stange Siegellack in die Flamme einer Kerze und läßt die geschmolzene Masse auf das Brustbein der jungen Frau tropfen. Wenn sie noch lebte, dann würde jetzt die Haut reagieren. Die Stelle müßte rot anlaufen und Brandblasen bilden. Aber es tat sich nichts dergleichen.

Um 16.40 Uhr stellt der Gemeindearzt den Totenschein aus und ordnet die Überführung der Leiche zum Selbstmörderfriedhof an. Er kann noch nicht wissen, daß diese beiden, früher sehr verbreiteten und anerkannten Lebensproben nach heutigen medizinischen Erkenntnissen als unzuverlässig gelten...

Aber die Wissenschaft hatte einst noch ganz andere Methoden auf Lager. Da gab es zunächst einmal die Spiegel- und Federprobe. Damit sollte geprüft werden, ob ein vermeintlich Toter eventuell noch atmete. Zu diesem Zweck hielt man ihm einen Spiegel oder eine Flaumfeder vor Mund oder Nase. Bei vorhandenem Odem würde das Spiegelglas anlaufen, beziehungsweise das Federchen sich bewegen, glaubten die Doktoren. Auf der gleichen Überlegung beruhte auch die Seifenschaumprobe: Der Leiche wurden Lippen und Nasenlöcher zugeschäumt. Falls sich Blasen bildeten, so war dies ein sicheres Lebenszeichen.

Wer's noch einfacher liebte, der konnte auch gemäß dem englischen Uraltmedicus Winslow zu einem schlichten Wasserglas greifen, welches bis zum Überlaufen gefüllt wurde. Dieses sollte dann, so befahl die Vorschrift, »dem Leichnam auf den Brustkorb im Bereich der letzten Rippenknorpel gestellt werden.« Floß das Wasser über, so zeigte dies, daß der Gute noch längst nicht über dem Jordan war.

Sehr propagiert wurde lange Zeit auch das recht originelle Verfahren des französischen Arztes Icard. Er schob mutmaßlichen Leichen einen Papierstreifen ins Nasenloch, auf den er zuvor mit farblosem Blei-Azetat die

Worte: »Je suis mort – ich bin tot« geschrieben hatte. Der Schwefelwasserstoff, der sich etwa 24 Stunden nach dem Tod in der Lunge eines jeden Menschen bildet, färbt dann dieses Blei-Azetat schwarz, so daß der Schriftzug auf dem Papier sichtbar wird. Der Verblichene stellt sich so den Leichenschein selbst aus. Die Methode ist jedoch nicht sicher: Schwefelwasserstoff entwickelt sich leider auch nach gewissen chemischen Prozessen im Magen eines Lebenden, oder bei Zahnkaries.

Doch die Ärzte vergangener Jahrhunderte wußten für besonders hartnäckige Fälle von Scheintod noch weitere probate, wenn auch rabiate Verfahren. So griff man anstelle von geschmolzenem Siegellack gern zu siedendem Öl oder stark ätzenden Säuren.

Auch das Kneifen der Fußsohlen mit glühenden Eisen erfreute sich einst in Medizinerkreisen großer Beliebtheit.

Scheintod-Experte Jacques Jean Bruhier lieferte ebenfalls einen Beitrag: Er empfahl, die schwindenden Sinne durch eine sehr lange Nadel zu reizen, die »unter den Nagel einer Fußzehe tief hineingestochen« wird.

Durch Praxisnähe ganz besonderer Art glänzte freilich der Franzose Devergie. Er riet seinen Kollegen 1841 allen Ernstes, im Falle eines zweifelhaften Todes doch einfach den Brustkorb des Betreffenden aufzuschneiden, die Finger hineinzustecken, um dann zu fühlen, ob das Herz noch schlägt...

Auf dem »Friedhof der Namenlosen« beschäftigt sich inzwischen die Frau des Waldhüters Gustav Malta mit der soeben angelieferten Toten. Sie kämmt dem jungen Mädchen die Haare und faltet ihr, so gut es noch geht die kalten Hände. Dann ruft sie ihren Mann, und gemeinsam heben die beiden die Leiche in den billigen Sarg, den das Bezirksamt Teltow, wie immer in solchen Fällen, zur Verfügung stellte. Eine weiße Sargdecke, ein Kissen, ein Totenhemdchen, all das gab es nicht: Selbstmörder werden nur in Torfmull und Sägespäne gebettet.

Das Ehepaar Malta hat auf dem winzigen Gottesacker das Amt der Totendiener übernommen, und die beiden erfüllen ihre Aufgabe nicht einmal ungern, ja, sie haben fast ein persönliches Verhältnis zu jedem, der hier bei ihnen liegt. Bei einer Beerdigung sind sie meist die einzigen Trauergäste. Vielleicht gerade deshalb schaufelten Gustav Malta und seine Frau nie ein Grab zu, ohne vorher nicht ein paar Blümchen und die zeremoniellen drei Hände voll Erde auf den Sarg geworfen zu haben. »Ohne ein bißchen Liebe«, sagte Frau Malta einmal, »soll keiner hinübergehen, auch ein Selbstmörder nicht.«

Der Leichenkeller für die Neuzugänge liegt direkt unter dem Wohngebäude der Maltas. Der Waldhüter hat soeben den Sarg mit der jungen Toten von der Havelchaussee hochgebockt und den Deckel aufgelegt.

»Nich so feste, Justav«, mahnt Frau Malta, als ihr Mann die Schrauben kraftvoll anzieht. »Du weißt doch, wenn die Kriminaler kommen...«

»Na, denn schraub ick eben wieder uff«, brummt der alte Malta und dreht die Muttern fest.

Die Försterei Saubucht, zu deren Revier der »Selbstmörderfriedhof« zählt, hat eine turbulente Nacht erlebt. Mehrfach ist vom Berliner Polizeipräsidium aus angerufen worden, weil vier Mädchen nacheinander vermißt gemeldet wurden, deren Personenbeschreibung auf die Frau vom Grunewald hätte passen können. Früh am nächsten Morgen erscheinen deshalb ein Kriminalbeamter zusammen mit einer weinenden Mutter und drei übernächtigt aussehenden Vätern. Gemeinsam steigen sie hinab in den Totenkeller, einem kleinen, feuchten Raum, in dem es kein elektrisches Licht gibt.

Frau Malta leuchtet mit einer Petroleumlampe, während sich ihr Mann an einer seiner kraftvoll angezogenen Schrauben abquält. »Hätt'ste auf mich gehört«, raunt sie ihm zu. Dann wird der Deckel polternd zur Seite gestellt. Das Licht fällt auf das Gesicht des Mädchens, das gestern abend mitsamt seinen nassen Kleidern eingesargt worden ist.

»Wenn die Herrschaften bitte herantreten wollen«, sagt der Kriminalbeamte und geht zur Seite. In diesem Moment schreit Frau Malta auf. Die Lampe in ihrer Hand schwankt wild hin und her. Gustav Malta packt zu.

»Wat is denn los, Frau?«

»Da, da . . . hier, da . . . sieh doch!« Frau Malta zeigt fuchtelnd auf die Tote, und ihr Mann beugt sich über den Leichnam und sagt dann heiser vor Aufregung: »Los, Frau, lauf schnell nachs Forsthaus. Der Doktor soll kommen . . . !«

Die Umstehenden starren wie gebannt auf das tote Mädchen. »Schon wieder«, flüstert Malta, während seine Frau die Stiegen zur Wohnung hochrennt. Und dann sehen es auch die anderen: Der Kehlkopf des ‚Leichnams' bewegt sich immer wieder in kurzen Abständen. Es ist ein Zucken des Adamsapfels; ein Zusammenziehen der Muskulatur an beiden Seiten des Halses. Das Gesicht ist bläulich verfärbt, wie bei Atemnot.

Keine zehn Minuten später ist Dr. Wagner da. Der Anruf hat ihn während des Frühstücks erreicht. Mit seinem Motorrad ist er sofort quer durch den Grunewald zum »Friedhof der Namenlosen« gerast.

Schon beim ersten kurzen Blick auf die Tote wird er stutzig. Gestern, bei der Untersuchung im Polizeirevier, war die Frau von einer fahlen Blässe gewesen, jetzt dagegen zeigt das Gesicht einen blauen Schimmer. Er fühlt den Puls: Nichts! Also doch falscher Alarm. Trotzdem holt er noch das Stethoskop aus der Tasche und drückt die Membrane auf den Brustkorb. Er horcht kurz, schüttelt dann den Kopf: Nichts! Doch dann... mit einem Mal ist ihm, als höre er ganz leise, ganz schwach, dumpfe Herztöne. Dr. Wagner ist sich zwar nicht hundertprozentig sicher, dennoch entscheidet er: »Die Frau kommt sofort ins Hospital. Rufen Sie bitte einen Wagen.«

Gegen zehn Uhr vormittags wird das Mädchen im Stubenrauch-Kreiskrankenhaus Berlin-Lichterfelde eingeliefert. Die Ärzte dort halten im Krankenjournal fest: »Patientin ist leichenblaß, ohne Bewußtsein und völlig reaktionslos, Pupillen eng, Atmung und Puls fehlen völlig. Dagegen sind über dem Sternum (Brustbein) Herztöne gerade noch hörbar, als Doppelton etwa dreißig- bis vierzigmal in der Minute... Es wird Morphium-Vergiftung angenommen.«

Um den schwachen Kreislauf anzuregen, werden Kampfer und Koffein unter die Haut gespritzt. Dann, nach einer Magenspülung, kommt die Patientin in ein heißes Bad, wo man sie mit groben Bürsten massiert. Aber noch rührt sich das Mädchen nicht, und auch der Puls stellt sich nicht ein. »Künstliche Beatmung, Sauerstoff«, ordnet jetzt Professor Rautenberg an.

Wenig später trifft der Laborbefund ein. Die Untersuchung des Mageninhalts ergab: Morphium und Veronal. »Die genaue Dosis steht noch nicht fest, aber jedenfalls«, so meinen die Chemiker, »genug, um einen Ochsen zu töten.«

Oberarzt Dr. Moewes untersucht die Patientin erneut, und stellt jetzt, gegen elf Uhr, einen ersten, schwachen Pulsschlag fest. Die Schluckbewegungen des Kehlkopfs werden immer deutlicher. Eine Stunde später vermerkt Professor Rautenberg: »Die Steifigkeit der Glieder und des Nackens läßt nach, die Haut ist hochrot. Puls fünfzig bis sechzig. Atmung unregelmäßig, meist flach, ab und zu ruckweise und tiefer.«

Am nächsten Morgen schon kann die Patientin erste Angaben zur Person machen: Es handelt sich um die 23 Jahre alte, ledige Krankenschwester Minna Braun.

Der Fall hat sich am 28. und 29. Oktober 1919 ereignet, wird aber noch heute in rechtsmedizinischen Vorlesungen als Paradebeispiel eines Scheintods erwähnt.

Daß Liebeskummer hinter ihrem Selbstmordversuch steckte, daß Minna Braun später aus dem gleichen Grund noch einmal eine Überdosis Gift nahm und nicht mehr gerettet werden konnte, das sei hier nur der Vollständigkeit halber erwähnt.

Wichtig für die Ärzte von damals und heute ist dagegen die Antwort auf eine Frage, die Professor Rautenberg vom Kreiskrankenhaus Lichterfelde nach der Untersuchung Minna Brauns in der »Deutschen Medizinischen Wochenzeitschrift« stellte: »Wie ist es möglich, daß ein Mensch mehr als 24 Stunden ohne Kreislauftätigkeit und Atmung lebt?« Die Erklärung:

Ausschlaggebend war zunächst einmal das glückliche Zusammenwirken von Gift und Kälte. Minna Braun hatte Morphium und Veronal geschluckt, beides Mittel, die das Zentralnervensystem lähmen. Die Barbitursäure des Veronals beeinträchtigt dabei vor allem das Atemzentrum im Gehirn, das Morphium dagegen wirkt breiter und schlägt sich auch auf unbewußte Vorgänge im Organismus, wie zum Beispiel die Verdauung, nieder. Diese Wirkung der beiden Gifte wurde durch die Unterkühlung weiter verstärkt: In jener Nacht lag die Temperatur nur ein Grad über dem Gefrierpunkt. Es entstand nun folgender Effekt: Der Verdauungstrakt funktionierte nur äußerst träge, weil morphiumgelähmt. Die Magen- und Darmschleimhäute gaben deshalb nur wenig Gift an den Blutkreislauf ab, und die ebenfalls gelähmten Ganglienzellen des Zentralnervensystems nahmen ihrerseits nur sehr wenig davon auf. Minna Braun blieb so in einem winterschlafähnlichen Zustand.

Aber die Kälte hatte noch einiges mehr bewirkt. Zum Beispiel die von Dr. Wagner als »Totenstarre« diagnostizierte Steife des Körpers.

Dazu muß man wissen, daß jeder Muskel aus einer Unzahl winziger Faserstränge besteht, die im Normalzustand reibungslos gegeneinander gleiten. Bei Einwirkung von Kälte wird nun diese Gleitfähigkeit beeinträchtigt und der Muskel dadurch starr, vergleichbar etwa mit einem eingefrorenen Motor, dessen Kolben sich nicht mehr in den Zylindern bewegen lassen. Bei der echten Totenstarre hingegen sind die Glieder steif, weil der Körper ein bestimmtes chemisches Element (ATP) nicht mehr produziert. Vergleichbar ist dieser Zustand mit einem Motor, der wegen Benzinmangels stehenbleibt.

Dem äußeren Anschein nach sind beide Starre-Arten gleich. Doch es gibt ein recht einfaches Unterscheidungsmerkmal: Die Totenstarre kann »gebrochen« werden, die Kältestarre nicht. Das heißt: Wird ein totenstarres Glied gewaltsam bewegt, so tritt augenblicklich eine völlige Schlaffheit der Muskulatur ein. Bei der Kältestarre bleibt das Glied dagegen so steif wie zuvor.

Aber die Kälte hat gerade in Fällen von Scheintod auch ihr Gutes: Sie verhindert nämlich bleibende Gehirnschäden. Da es ja bei Einnahme einer Überdosis von Schlaftabletten oder anderen Schädigungen meist zu einem Erliegen des Kreislaufs kommt, werden die kleinen grauen Zellen nicht mehr genügend durchblutet und mit Sauerstoff versorgt. Nach spätestens fünf Minuten würden jetzt normalerweise eine mehr oder minder große Zahl der rund neun Milliarden Gehirnzellen absterben, geistige Defekte wären die Folge. Nicht so bei Kälte. In diesem Fall stellt das unterkühlte Hirn seine Funktion ein und spart dadurch Energie. Es kann nun mit einem Minimum an Sauerstoff weiterexistieren. Bei den übrigen Organen laufen die Mechanismen ähnlich ab. Wird eine gewisse Temperaturgrenze freilich unterschritten, so stirbt der Betreffende dann an den Folgen der Unterkühlung. Doch der gesunde menschliche Körper scheint recht strapazierfähig zu sein, was Kälte anlangt. Mediziner zitieren hier oft den folgenden Fall:

Es war am 1. Februar 1951. In einer Allee in Chicago wurde am frühen Morgen die damals 22jährige Dorothy Mae Stevens Anderson erfroren aufgefunden. Kein Wunder: In der vergangenen Nacht war ein eisiger Wind übers Land gefegt und hatte eine Temperatur von minus 24 Grad Celsius beschert. Die junge Frau mußte bereits längere Zeit in der Kälte gelegen haben: Ihre starren, weit geöffneten Augen waren mit einer Eisschicht überzogen, der ganze Körper steifgefroren. Trotzdem wurde die Tote ins Michael-Reese-Hospital von Chicago eingeliefert. Für die Ärzte ein hoffnungsloser Fall - das Blut der Frau hatte sich bereits zu einer schlammartigen Masse verdickt. Ihre Körpertemperatur lag bei 17,8 Grad Celsius, normal sind 37 Grad. Und das Niedrigste, was je ein Mensch bis dahin überlebt hatte, waren 23,9 Grad gewesen.

Auch die übrigen Befunde sahen denkbar schlecht aus: Anstelle von sechzehn Atemzügen in der Minute brachte Mrs. Anderson nur noch ganze vier zustande, und auch der Puls schlug nur zwölf- statt fünfundsiebzigmal. Nach Ansicht der Ärzte war diese Frau nicht mehr zu retten. Dennoch erhielt Dorothy Anderson Cortisonspritzen und wurde an Armen und Beinen mit Mullbinden eingeschnürt. Die Bandagen sollten verhindern, daß ihr das gefrorene Fleisch womöglich aufplatzte.

Keine zwölf Stunden nach dieser Behandlung kam Dorothy Anderson wieder zu Bewußtsein. Und weitere zwölf Stunden später konnte sie bereits eine erste, heiße Suppe zu sich nehmen und dann erzählen, wie es überhaupt zu dem Vorfall gekommen war: Sie hatte den Abend zuvor auf einer Party bei Freunden verbracht und viel Alkohol getrunken. Auf dem Nachhauseweg war sie dann zusammengebrochen. Von da ab fehlte ihr jede Erinnerung.

Dorothy Anderson waren keine geistigen Schäden zurückgeblieben, doch die Ärzte mußten ihr beide Beine bis in die Höhe der Knie und sämtliche Finger, mit Ausnahme des rechten Daumens, amputieren. Da sie selbst mit ihren Prothesen sehr gut zurechtkam, kümmerte sie sich deshalb nach ihrer Entlassung um Menschen, die noch stärker behindert waren als sie. Vor vier Jahren, am 26. März 1974, ist Dorothy Anderson an einem Herzinfarkt gestorben.

Ein ähnlicher Kälte-Überlebensrekord wird auch aus Rußland gemeldet. Im Gebiet von Akjubinsk in der Kasachischen Sowjetrepublik barg man unter einer meterhohen Schneewehe einen 25jährigen Arbeiter. Als er ins Krankenhaus eingeliefert wurde, lautete dort die Diagnose: »Tod durch allgemeine Erfrierungen«. Der Mann hatte nur noch eine Körperoberflächentemperatur von null (!) Grad Celsius. Puls und Atmung waren nicht mehr wahrnehmbar, die Augen, wie bei Dorothy Anderson, mit einer dicken Eisschicht überzogen. Die geweiteten Pupillen reagierten weder auf Licht noch auf den Stich mit einer Nadel. Dennoch konnte der Mann, der rund sechs Stunden »im Zustand extremer Unterkühlung« verbracht hatte, fünf Monate später gesund entlassen werden. Man hatte ihm allerdings sämtliche Zehen und Finger amputieren müssen.

Im südafrikanischen Johannesburg er- und überlebte ein Busfahrer sein Kälteabenteuer in einer Kühlzelle des dortigen Rechtsmedizinischen Instituts. Der 35jährige William Smity* befand sich mit seinem Omnibus auf dem Weg ins Depot, seine letzte Tour an diesem Novembertag. Der Fahrgastraum war unbesetzt, und so donnerte Smity mit überhöhter Geschwindigkeit die Vorortstraße entlang. Eigentlich wollte er bereits seit fünfzehn Minuten in der Sammelgarage sein, aber der Verkehr in der Innenstadt war zu dicht gewesen.
Radio Johannesburg spielte flotte Feierabendmusik und Smity fing an, fröhlich mitzupfeifen und auf dem Steuerrad den Rhythmus zu trommeln.
Und da passierte es: Aus einer der kleinen Seitenstraßen schoß eine breite, amerikanische Limousine hervor. Smity stieg mit voller Kraft in die Bremse und riß das gewaltige Steuer herum. Der Bus begann sich wie in Zeitlupe querzustellen und raste dann frontal gegen ein Häusereck. Der Farbige wurde durch die breite Windschutzscheibe geschleudert und flog auf die Straße.
Als vier Minuten später Polizei und Rettungswagen am Unfallort eintrafen, lag Smity in einer riesigen Blutlache.

---

* Name geändert.

Seine Kopfhaut war aufgerissen, die Schädeldecke zerschmettert. Und die unnatürlich verrenkten Glieder ließen noch auf zahlreiche andere Knochenbrüche schließen. Das Gesicht war durch die Glassplitter der Windschutzscheibe zerschnitten worden.

Der Polizeiarzt stellte bereits nach kurzer Untersuchung den Totenschein aus, worauf weißbekittelte Sanitäter den blutigen Leichnam mit einer grauen Plastikplane abdeckten. Eine Viertelstunde danach fuhr der Leichenwagen vor. William Smity wurde in eine tragbare Zinkwanne gelegt und abtransportiert.

Dreißig Minuten später schob man ihn in die Kühlzelle Nummer 18 des Gerichtsmedizinischen Instituts von Johannesburg. Und dort blieb die Leiche bis zur Autopsie drei Tage lang bei einer Temperatur von nur vier Grad Celsius liegen.

Die siebente Obduktion an diesem Nachmittag war soeben beendet. Der Sektionsgehilfe, ein magerer, hochgewachsener Negerjunge in Gummischürze, wischte die alten Angaben aus und schrieb dann mit Kreide an die Tafel: »Zelle 18, William Smity, Verkehrsunfall«. Dann marschierte er mit dem Stahlwägelchen den gekachelten Gang entlang bis zu den Kühlräumen. Er öffnete die schwere Edelstahltür und zog den Rost heraus, auf dem der Tote lag. Ein elektrischer Kran senkte den Leichnam auf das Transportgestell.

Im Sektionsraum selbst war es gleißend hell. Der Gehilfe wog die Leiche von William Smity und stellte mit einer Meßlatte die Körperlänge fest. »192 Zentimeter, 98 Kilogramm«, notierte er an der Tafel. Ein anderer Assistent reinigte derweil den schwarzen Obduktionstisch mit heißem Wasser und einem Schwamm von den Blutspuren der vorangegangenen Sektion. Dann schob man William Smity auf die Steinplatte und rückte den Holzpflock unter seinem Nacken zurecht. Der Arzt ordnete gerade seine Instrumente, als der Gehilfe einen gellenden Schrei ausstieß. Der Doktor wandte sich um - und traute seinen Augen nicht: Vor Schmerzen stöhnend, versuchte sich der Busfahrer William Smity, der Mann, der drei Tage lang in der Kühlzelle gelegen hatte, aufzurichten... Selbst der hartgesottene Gerichtsmediziner war vor Grauen und Schreck sekundenlang unfähig, irgend etwas zu unternehmen.

William Smity wurde unterdessen erneut ohnmächtig, und erlangte das Bewußtsein erst wieder zehn Tage später auf der Intensivstation des Krankenhauses.

Nach 13monatiger Behandlung und zahllosen Operationen konnte er das Hospital verlassen, und arbeitet heute bei den Verkehrsbetrieben im Innendienst. Einen Bus will er nicht mehr besteigen.

*

William Smity - ein medizinisches Wunder? Wenn man damit ausdrücken will, daß andere den Unfall nicht überlebt hätten, daß andere mit anderer Konstitution an Unterkühlung gestorben wären, dann ja. Doch wer damit sagen will, daß es so etwas nach den Regeln der medizinischen Wissenschaft gar nicht geben dürfte, der irrt. Gerade Kopfverletzungen, dies zeigte auch der Fall Angelo Hays, sind typische Voraussetzungen für einen möglichen Scheintod. Aber es gibt noch einige andere Ursachen. Ein Ostberliner Professor hat sich dafür eigens eine Eselsbrücke ausgedacht, damit seine Kollegen leichter im Gedächtnis behalten können, was sie sehen müssen und nicht übersehen dürfen, wenn sie vor einem (schein)toten Menschen stehen...

Das ABC des Scheintods

A-E-I-O-U: Das ist eine leicht zu merkende Vokalreihe, die der Ostberliner Professor Otto Prokop den Studenten der Rechtsmedizin ans Herz legt. Jeder Buchstabe nennt mögliche Ursachen eines Scheintods; er macht die angehenden Ärzte darauf aufmerksam, wo die Gefahr besonders groß ist, daß Anzeichen des Lebens verkannt werden. Dabei steht:

A für Anämie (Blutkrankheit), Anoxämie (Sauerstoffmangel) und Alkohol
E für Epilepsie, Elektrizität einschließlich Blitzschlag
I für Injury (Schädelverletzungen)
O für Opium, darunter fallen auch sämtliche Vergiftungen durch Schlaf-, Beruhigungs-, Schmerz- und Narkosemittel sowie andere Rauschgifte
U für Urämie (Harnvergiftung durch Nierenversagen).

Die unter dem Kennbuchstaben A angeführte »Anoxämie« war es, die dem heutigen Scheintod-Bekämpfer Professor Hans-Joachim Mallach aus Tübingen sein erstes, prägendes Erlebnis verschaffte. Anfang der sechziger Jahre arbeitete Mallach in Berlin. Dort fand die Polizei eines Tages einen jungen Mann, der sich kurz zuvor erhängt hatte. Der Selbstmörder wurde umgehend ins Westendkrankenhaus eingeliefert. Der zuständige ärztliche Direktor, Professor Günther Neuhaus, war mit dem Gerichtsmediziner Mallach befreundet, und rief diesen sofort an. »Der Fall könnte Dich vielleicht interessieren, Hans-Joachim«, meinte Neuhaus am Telefon. Gemeinsam betraten die beiden Ärzte wenig später das Zimmer des Erhängten, der in tiefer Bewußtlosigkeit lag.

»Kriegt ihr den wieder hin?« fragte Mallach.

»Was denn! Den wieder hinkriegen? Der ist so tot, wie einer nur tot sein kann. Da tut sich absolut nichts mehr«, klärte Neuhaus den Kollegen auf. Doch weit gefehlt! »Stunden später kam der Mann wieder zu sich, und drei Tage danach stand der Erhängte auf und ging«, erzählt Mallach. »Ich hätte diesen Fall sehr gerne mit in meine Publikationen hineingenommen, aber leider sind alle Unterlagen von damals spurlos verschwunden, und angeblich erinnert sich auch niemand mehr daran.«

Mallachs Altvorderer im Geiste, Jacques Jean Bruhier (1754), weiß zu diesem Thema gleich mehrere Geschichten. Er schreibt:

»Wie mir eine glaubwürdige Person erzählet hat, so erhielten einige Ärzte den Körper eines Diebes an eben demselbigen Tage, da er des Morgens war gehangen worden, noch vor Mittage, zu einer Anatomie, und legten ihn in eine geheizte Stube, worauf sie sich in ein Nebenzimmer begaben, um vorher zu essen. Nach geendigter Mahlzeit giengen sie wieder in die Stube, wo sie den Körper hingelegt hatten, und fanden daselbst den Dieb vollkommen lebendig in einem Winkel, in welchem er sich versteckt hatte.«

Und Jacques Jean Bruhier nennt auch gleich den Grund, warum solches immer wieder vorkommt. Diese Fälle trügen sich zu, »wenn der Scharfrichter, der seine Verrichtung zu Ende zu bringen eilet, und das Geld gerne einstreichen möchte, daß er bey dem Verkauf des Körpers zu lösen sich Rechnung machet, den Gehangenen zu frühzeitig abnimmt, weil er ihn für todt hält, ungeachtet er noch lebet.«

Doch es kommt noch besser.

»Den 8. April 1745 des Abends gegen halb sechs Uhr ward zu Montpellier ein Mensch gehangen, dessen Schicksal die ganze Stadt zum Mitleiden bewegte. Der Henker verrichtete sein Amt wie gewöhnlich, und es war beynahe eine Viertelstunde verflossen, seit dem das unglückliche Schlachtopfer der Gerechtigkeit war aufgeopfert worden, als einige von den Zuschauern an demselbigen noch Zeichen des Lebens gewahr wurden. Dieses nöthigte den Henker, daß er wieder auf den Galgen hinauf stieg, und zu verschiedenenmalen alle seine Kräfte anwendete, um den armen Sünder vollends hinzurichten...«

Nachdem der Gehenkte schließlich abgenommen worden war, ließ ihn der Doktor einige Male zur Ader; angeblich mit durchschlagendem Erfolg: »Die Geschwulst des Gesichtes und des Halses verlohr sich den Augenblick; der Puls, der vorher voll und fieberhaft war, ward fast natürlich; der Kranke erhielt den Gebrauch aller seiner Sinne wieder, und dankte mir für die Sorgfalt, die ich für ihn trüge.«

Daß sich die Geschichte genau so zugetragen hat, ist höchst unwahrscheinlich. Es dürfte Bruhier wieder einmal das populär-erzählerische Temperament durchgegangen sein. Indes, die Kerninformation stimmt. Dazu der Münchner Rechtsmediziner Privatdozent Wolfgang Eisenmenger:

»Entscheidend ist natürlich, wie lange der Strang die Halsschlagadern und damit die Blutversorgung des Gehirns unterbindet, aber grundsätzlich ist eine Heilung durchaus möglich.« Oft tritt der Tod nicht sofort ein: »Wir sehen zum Beispiel bei Selbstmördern immer wieder, daß sie erst noch tagelang bewußtlos in der Klinik liegen, bevor sie sterben«, sagt Eisenmenger.

Der Vollständigkeit halber seien unter dem Stichwort »Anoxämie« auch noch die Kohlenmonoxydvergiftungen genannt, die ebenfalls eine »vita minima« verursachen können. Am bekanntesten sind hier wahrscheinlich die Suicidversuche, bei denen das Auspuffgas eines Autos künstlich in die Fahrgastkabine geleitet wird. Auch die Luftfahrtmedizin kennt einen sogenannten »anoxischen Scheintod«, der bei extremem Sauerstoffmangel in Höhen über 20 000 Metern auftritt.

Daß übermäßiger Alkoholgenuß ebenfalls zu todesähnlichen Ohnmachten führen kann, wurde bereits erwähnt. In der Praxis freilich kommt solches recht selten vor. Es gehört halt schon einiges dazu, sich so nachhaltig zu betrinken, daß eine derart tiefe Bewußtlosigkeit durch Alkoholvergiftung auftritt.

Erst im Februar 1976 ereignete sich in Jugoslawien ein solcher Fall.

Es war am späten Nachmittag, und der Leichenwärter ordnete soeben die Kränze im Aufbahrungsraum. Er wollte gerade ein Blumengebinde aufheben, als ihn fast der Schlag traf.

»Verzeihung, können Sie mir eine Zigarette geben«, tönte es aus einem der offenen Särge. Als der Wärter hochfuhr, sah er einen »Toten«, der in seinem Schrein saß und mit glasigen Augen erwartungsvoll dreinblickte.

Der Grund für die an solchem Ort unverhoffte Bitte: Die »Leiche« hatte den Abend zuvor munter zechend in einer Wirtschaft der Stadt Titovo Uzice verlebt. Im Kreise fröhlicher Kollegen kippte der 41jährige Djurdje Zekavica einen Schnaps nach dem anderen, bis er ganz unvermittelt leblos zusammenbrach.

Im Krankenhaus mühten sich die Ärzte vierzig Minuten lang um sein Leben. Anscheinend umsonst. Djurdje Zekavica wurde für tot erklärt und gleich am nächsten Morgen in die Leichenhalle des städtischen Friedhofs überführt. Dort war der Alkoholvergiftete mit der leistungsfähigen Leber dann wieder aufgewacht.

Er selbst erzählte später: »Ich kann mich nur noch daran erinnern, daß ich Schnaps, viel Schnaps getrunken habe. Dann wurde es mit einem Mal dunkel und anschließend befand ich mich in einem anderen Raum. Dort sah ich einen Mann, und weil mir in diesem Augenblick nach Rauchen zumute war, habe ich ihn einfach um eine Zigarette gebeten. Als der Mann ganz fürchterlich erschrak, bemerkte ich schließlich, wo ich war...«

Auch die beiden folgenden Geschichten ereigneten sich in Jugoslawien. Sie fallen im ABC des Scheintods unter die Rubrik »E« wie Elektrizität. Da ist zunächst einmal der Fall des Belgrader Strafrichters Ceda Pavlovic. Der damals 65jährige Jurist war Ende April 1959 pensioniert worden. Genau drei Wochen zuvor hatte er seine letzte Verhandlung geleitet. Seitdem widmete sich der rüstige alte Herr mit Leidenschaft seinem Gärtchen vor dem Haus.

Auch an diesem Tag hatte Pavlovic draußen auf seinen Beeten gearbeitet und dabei ordentlich geschwitzt.

Gegen 17 Uhr kam er in die Wohnung und ging gleich nach oben in den ersten Stock. Und während bereits heißes Wasser in die Wanne plätscherte, rief er seiner Frau hinunter: »Marie, ich nehme noch schnell ein Bad. Bis zum Abendessen bin ich fertig!« Dann zog er sich zurück.

Zehn Minuten später gellte ein verzweifelter Schrei durchs Haus. Marie Pavlovic konnte ihn nicht hören, sie machte gerade einige Besorgungen.

Pünktlich um 18 Uhr stand das Essen auf dem Tisch. Doch Ceda Pavlovic erschien nicht. Und als er fünf Minuten danach immer noch nicht da war, wurde Frau Pavlovic langsam unruhig.

»Ceda, kommst Du?« rief sie ein wenig ärgerlich.

Keine Antwort.

»Ceda, was ist denn? Hörst Du nicht?« Frau Pavlovic stürzte die Treppe hinauf.

Alles war still, totenstill.

»Ceda, Ceda, was ist denn?« Marie Pavlovic riß die Badezimmertür auf. Der alte Richter lag steif und leblos in der Wanne. Seine Lider waren weit aufgerissen, die Augen starr. Seine Finger hatten sich um den Wannenrand gekrampft. Marie Pavlovic informierte den langjährigen Hausarzt und die Polizei. Der Mediziner untersuchte den Pensionär nur kurz.

»Tut mir leid, Marie, da komme ich leider zu spät. Dein Mann ist tot«, sagte der Doktor. Ein von der Kripo angeforderter Techniker brauchte nicht lange zu suchen, dann hatte er die Todesursache entdeckt: Die Stromleitung, die zum Boiler führte, war defekt, und hatte das Badewasser zeitweise unter Spannung gesetzt.

Ceda Pavlovic wurde die Nacht über auf das Sofa im Wohnzimmer gebettet. Am anderen Morgen erschienen zwei Gerichtsärzte. Auch sie konnten nur noch den Tod durch Stromschlag feststellen und gaben die Leiche zur Bestattung frei. Eine Obduktion hielten sie in diesem Fall nicht für erforderlich.

Im Laufe des Vormittags wurde der Leichnam zum Friedhof gebracht und dort in der Kapelle bei offenem Sarg aufgebahrt. Wie an jedem Abend schloß ein Wärter gegen 19 Uhr die eisenbeschlagene Tür des Kirchleins ab. Um diese Zeit war ihm noch nichts besonderes aufgefallen...

Kurz nach Mitternacht drehte der Friedhofswärter noch einmal vorschriftsmäßig seine Runde. Im fahlen Schein der Taschenlampe stolperte er vor sich hin. Doch was war das!? Der Mann blieb abrupt stehen. Jetzt hörte er es ganz deutlich: Ein Klopfen. Und schon wieder. Es gab keinen Zweifel, das Pochen kam aus der nahen Kapelle. Den Wärter schauderte. Doch dann faßte sich der Mann ein Herz und öffnete das Portal. Als der Türflügel aufschwang, traf der Lichtstrahl eine gespenstische Gestalt. Sie trug ein weißes Leichenhemd. Ihr Gesicht war kreidebleich. Der Geist schwankte auf den Nachtwächter zu und hob, von der Taschenlampe geblendet, den Arm. »Wo bin ich, wo bin ich denn nur?« rief die Erscheinung mit weinerlicher Stimme.

Der Friedhofswärter prallte entsetzt zurück. Die Lampe fiel ihm aus der Hand und er selbst floh, von Grausen gepackt, ins Dunkel der Gräber.

Das Gespenst indessen suchte sich den Weg nach draußen und hielt die nächste Taxe an. Fünfzehn Minuten später war Ceda Pavlovic wieder zu Hause. Nur mit dem Totenhemd bekleidet und mit bloßen Füßen, stand er vor der Tür und läutete.

»Marie, Marie... ich bin wieder da«, stammelte Pavlovic, als seine Frau ihm öffnete. Die vermeintliche Witwe starrte ihn sekundenlang ungläubig an, dann brach sie ohnmächtig zusammen.

Nach den Regeln der Physik hätte der Stromunfall eigentlich tödlich enden müssen: Durch das Badewasser verminderte sich Ceda Pavlovics Hautwiderstand, der Strom konnte nahezu ungehindert in den Körper einfließen. Zudem hat Haushaltselektrizität eine für den menschlichen Herzrhythmus höchst ungünstige Frequenz, die zu lebensgefährlichem Herzkammerflimmern führt. Durch den Stromschlag werden auch die elektrischen Vorgänge im Gehirn massiv gestört, ähnlich wie bei einem epileptischen Anfall. Es kommt zu tiefer Bewußtlosigkeit und zu einer Verkrampfung der gesamten Muskulatur. Für gewöhnlich gibt es dann keine Rettung mehr. Wie jedoch der Fall Pavlovic zeigt, hängt gerade bei Stromunfällen viel von der körperlichen Verfassung des Einzelnen ab. Ein durch und durch gesundes Herz findet unter Umständen wieder in seinen richtigen Schlagrhythmus zurück, und das Gehirn erholt sich.

Bei Blitzschlag liegen die Verhältnisse ähnlich. Der Hauptblitz freilich, mit einer Stromstärke von 100 000 Ampere (Haushaltsstrom: 16 Ampere), ist absolut tödlich. Bei einer Leiche sind dann Haarbüschel weggeschmort, Hautstücke verbrannt, kleine Löcher zeigen an, wo der Blitz in den Körper eindrang. Wird der Tote obduziert, so finden die Gerichtsmediziner nicht selten ein Gehirn, daß durch die enorme Hitzeentwicklung zum Teil regelrecht »gekocht« wurde. Doch jeder Hauptblitz besitzt zahlreiche, wesentlich schwächere Nebenäste. Hier kommt es dann zwar auch zu Herzkammerflimmern und Lähmungen, aber die Überlebenschancen sind gut.

Doch das wußten die Bauersleute in dem kleinen bosnischen Ort Postenja leider nicht...

Der 18. Juli 1972 war ein brütend heißer Sommertag. Die Hitze dauerte schon seit zwei Wochen an, und wer es sich irgendwie leisten konnte, der lag im Schatten und erwartete den Abend, um zu arbeiten.

Auch die 14jährige Ismeta Dazkovic hatte es sich unter einem dichtbelaubten Baum bequem gemacht und beaufsichtigte von dort aus die väterliche Schafherde. Alles war ruhig und friedlich bis gegen 16.30 Uhr. Ganz plötzlich zogen dicke, dunkle Wolken am Horizont auf: Ein mächtiges Unwetter braute sich zusammen. In Postenja war man froh darüber: Endlich wieder Regen, Erfrischung, Wasser für die Felder.

Für Ismeta war es faszinierend, zu sehen, wie sich der Himmel immer mehr und immer bedrohlicher verdunkelte. Und zu spät machte sie sich auf den Heimweg.

Als sie die Wiese gerade verließ, zuckten bereits die ersten Blitze. Dann krachte es furchtbar. Das Gewitter stand genau über Postenja. Riesige, gezackte Lichtnetze leuchteten in kurzer Folge gleißend hell auf, flimmerten einen Augenblick lang und fuhren dann mit einer Urgewalt von 10 Millionen Volt in die Erde. Es goß in Strömen, ein richtiger Wolkenbruch. Ismeta war völlig durchnäßt, als sie über den kleinen Grashügel lief. Und in dieser Sekunde passierte es: Eine grelle Lichtwand flackerte nieder, ein Schlag, dann war alles dunkel um Ismeta. Das Mädchen sackte in sich zusammen.

Als die Schafe alleine, ohne ihre Hirtin zu Hause ankamen, ahnte der Bauer Lutvo Dazkovic Furchtbares. Zusammen mit einigen Nachbarn machte er sich sofort auf die Suche nach seinem Kind. Eine Stunde später kehrten die Männer schweigsam zurück, mit der Leiche von Ismeta. Der Bürgermeister, der gleichzeitig als amtlicher Totenbeschauer fungierte, fühlte nach dem Puls des Mädchens. Dann schüttelte er den Kopf: »Ich glaube«, sagte er, »die Ismeta braucht keinen Doktor mehr.«

Noch am selben Abend wurde das Mädchen beigesetzt. Der Ortsvorsteher hatte darauf bestanden, weil er auf Grund der großen Hitze eine schnelle Verwesung befürchtete. Und ein Leichenhaus gab es in Postenja nicht. Ohne Sarg und nur in ein Leintuch gehüllt, legte man die tote Ismeta in ihr Grab. Anschließend kamen ein paar schlichte Bretter darüber und etwa 80 Zentimeter Erde. Ein kurzes Gebet, ein paar Worte des Beileids, dann ging die kleine Gemeinde auseinander.

Für Ismetas Vater war es ein harter Schlag. Gleich am nächsten Morgen ging Lutvo Dazkovic noch einmal zum Friedhof. Als er die Grabstätte von Ismeta sah, durchfuhr ihn ein eisiger Schreck: Das Erdreich war seltsam aufgeworfen und wie es schien, von unten her...

Lutvo Dazkovic warf sich auf die Knie und wühlte die Gruft mit bloßen Händen auf. Dann lag die Leiche seiner Tochter frei: Ihre Finger waren blutig gerissen, das Gesicht vor Anstrengung verzerrt. In furchtbarer Todesangst, bei dem hoffnungslosen Versuch, sich aus der Tiefe zu befreien, hatte Ismeta einen Herzschlag erlitten. Sie war vermutlich kurz nach ihrer Beisetzung aus der tiefen Bewußtlosigkeit erwacht.

Unter dem Kennbuchstaben »I« wie Injury (engl. für Schaden, Verletzung; hier Schädelverletzung), ist 1969 der Fall eines 15jährigen Israelis einzureihen, der nur um Haaresbreite dem Schicksal einer Ismeta Dazkovic entgangen war. Der Junge lag zwei Wochen lang im Todesschlaf, ehe er wieder zu Bewußtsein kam. Er war in ein sieben Meter tiefes Erdloch gestürzt und hatte sich dabei schwere Gehirnblutungen zugezogen. Zwei Ärzte erklärten den Buben für tot, doch der Vater bestand darauf, daß er ins Krankenhaus eingeliefert wurde.

Zwei israelische Wissenschaftler vom Hadassah-Universitäts-Hospital stellten mit einer damals sensationellen

Methode noch letzte schwache Spuren des Lebens fest, und das, obwohl das Elektroenzephalogramm (EEG, Gehirnstrommessung) längst Nullinie und damit den Hirntod anzeigte. Doch die beiden Chirurgen Dr. Mordechia Schalit und Professor Aaron Beller hatten für solche Fälle ein raffiniertes Verfahren ausgeklügelt: Sie injizierten in die linke Halsschlagader Blut, welches mit einem besonderen Sauerstoffgemisch angereichert worden war. Das Blut durchströmte nun das Gehirn, wurde anschließend auf der rechten Seite wieder abgezapft und durch ein Sauerstoff-Meßgerät geleitet. Als eine Sauerstoff-Differenz zwischen dem ein- und dem ausgeströmten Blut sichtbar wurde, wußten die Mediziner genau, daß das Gehirn noch Sauerstoff verbrauchte, also noch lebte.

Mit dieser Methode konnte auch der Scheintod eines 14jährigen Mädchens aufgedeckt werden, dem sich während des berühmten Sechstagekrieges ein Schrapnell in den Schädel gebohrt hatte.

Die Blutgasanalyse, wie das Verfahren heißt, gilt als sehr zuverlässig, wird aber selten angewendet: Sie ist technisch zu aufwendig. Das EEG hatte in den beiden vorangegangenen Fällen versagt, obgleich das Gehirn noch nicht abgestorben war. Die Erklärung dafür ist einfach: »Bei einem Scheintod sind die noch vorhandenen Gehirnströme so schwach, daß sie den Schädelknochen nicht mehr durchdringen können und deshalb vom Elektroenzephalographen nicht mehr registriert werden«, sagte der Gerichtsmediziner Wolfgang Eisenmenger. Und das trotz zehnmillionenfacher Verstärkung!

Wenn aber nicht einmal ein so hochempfindliches Gerät wie ein EEG in der Lage ist, einen Scheintod auszuschließen, was soll dann erst ein wenig erfahrener und mangelhaft ausgebildeter Doktor mit einem schlichten Stethoskop und Taschenlampe ausrichten? Vor allem bei Selbstmordversuchen durch Schlaf-, Schmerz- oder Beruhigungsmittel versagen Mediziner immer wieder. Meist aus Unkenntnis darüber, daß hier ein Scheintod möglich ist, teils aber auch aus Schlamperei, Nachlässigkeit oder Zeitdruck, wie im folgenden Fall. Die beteiligten Ärzte wollten die Sache vertuschen, und es wäre ihnen beinahe gelungen. Nur die Geschwätzigkeit zweier Feuerwehrleute brachte die Geschichte rund sieben Monate später schließlich doch an die Öffentlichkeit...

Die heute 71jährige Margarete Karstens* war erst jetzt, 13 Jahre nach ihrem Scheintod, für dieses Buch bereit, ihre Erlebnisse zu schildern. Genauer gesagt: ihren Tod.

Die zierliche, alte Dame verbringt seit 1975 ihren Lebensabend in einem modernen Seniorensitz in der Nähe von Kiel. Und sie hat dort niemand erzählt, was ihr widerfahren ist. Aus diesem Grunde auch sollen ihr richtiger Name und ihre genaue Adresse geheim bleiben.

Es war im Jahr 1965. In der Ehe von Margarete Karstens kriselte es schon seit langem. Die damals 58jährige Frau litt zunehmend unter schmerzhaften Gelenkentzündungen. Und schon bald war sie für ihren Mann nur noch eine Last. Der großgewachsene, blendend aussehende und zudem

---

* Name geändert.

erfolgreiche Unternehmer Alexander Karstens ließ sie das auch deutlich spüren. Immer wieder gab es Affären mit anderen, jüngeren Frauen, und Alexander Karstens machte sich erst gar nicht die Mühe, solches zu verheimlichen. Doch damit nicht genug. Margarete Karstens heute:

»Es war manchmal die Hölle. In seinem Betrieb hatte er viele Angestellte, die er herumkommandieren konnte. Wenn er dann nach Hause kam, ging es in der gleichen Tour weiter. Ich hatte immer zu gehorchen, mußte tun und lassen, was ihm gefiel. Wenn er mich wieder einmal betrogen hatte, sollte ich beide Augen zudrücken. Oft hatte ich richtige Angst vor ihm. Ich meine, er hätte mich nie geschlagen, aber er war so schrecklich unbeherrscht mit Worten. Bei einem Streit steigerte er sich oft so hinein und wurde so ausfällig, daß ich bei mir dachte: ‚Mein Gott, Alex, Du weißt ja gar nicht, was Du sprichst!'«

Margarete Karstens nahm alles schweigend hin und ertrug die unablässigen Demütigungen ihres Mannes. Bis zu jenem 28. August 1965. Sie erzählt:

»Es war ein Sonntag, und ich hatte Alex gebeten, ob wir nicht irgendwohin rausfahren wollten. Aber ich spürte schon gleich, er suchte wieder einen nichtigen Anlaß, um mit mir zu streiten. Er wollte alleine weggehen. Und er ging. Das machte er sonntags sehr häufig, und ich wußte, daß da jemand war, eine Frau, zu der es ihn hinzog. Ich habe ihm deswegen nie Vorwürfe gemacht und immer nur gehofft, er würde zu mir irgendwann zurückkehren. Als er gegangen war, stand ich am Fenster und dachte: ‚Gott, mein Gott, nun bist Du wieder den ganzen Sonntag allein', und ich wollte dann noch versuchen mich aufzuraffen und allein rausgehen. Ich habe schließlich eine Bekannte angerufen, aber sie hatte keine Zeit und Lust, mit mir den Tag zu verbringen. Na ja, und da war ich schon wieder allein. Und dann, mit einem Mal, war der Entschluß einfach da. Er ist nicht etwa lange gereift. Ich habe mir in diesem Moment gedacht: ‚Wie sinnlos ist doch Dein ganzes Leben. Der Mann will frei sein, Du bist krank, Du kannst Dir selbst kaum helfen.' Tja, und da ist es dann gekommen.«

»Um wieviel Uhr war das?«

»Das muß gegen 10 Uhr etwa gewesen sein. Ich bin ins Badezimmer gegangen, habe dort aus dem Medikamentenschrank ein Röhrchen Schlaftabletten herausgenommen und 47 Stück davon in einem Glas Wasser aufgelöst.«

»Was empfindet man in einem solchen Moment?«

»Ich war vollkommen ruhig und gelassen. Ich habe weder gezittert noch sonst was. Ich habe nur gedacht: ‚Du möchtest endlich Ruhe haben', und ich hörte immer nur, wie mein Mann sagte: ‚Ich will frei sein, ich will frei sein… Du bist an allem schuld, Du hast mein Leben kaputtgemacht…' Ja, und da habe ich es gemacht. Ich hatte mich vorher noch ausgezogen, ich wollte mich anschließend ins Bett legen und hatte schon das Nachthemd an. Ich hatte gerade den Tablettenbrei hinuntergetrunken, als plötzlich das Telefon klingelte. Ich bin deshalb aus dem Schlafzimmer noch einmal ins Wohnzimmer zurückgegangen. Dort habe ich den Hörer noch abgenommen. Weiter weiß ich nichts mehr.«

Wie sich viele Monate später herausstellte, hatte die Freundin von Margarete Karstens noch einmal angerufen, um mitzuteilen, daß sie jetzt doch mit ins Grüne fahren wolle...

Als Alexander Karstens um 19.13 Uhr, früher als eigentlich vorgesehen, nach Hause kam, fand er seine Frau bewußtlos am Boden liegend. Der Telefonhörer baumelte an seiner Schnur. Karstens verständigte sofort die Notrufzentrale. Um 19.16 Uhr tickerte der Einsatzfernschreiber die Meldung von dem Selbstmordversuch durch. Zuständig war die Feuerwache IV in der Hamburger Sedanstraße 26. Alarm für die Brandobermeister Günter Lentzer und seine Kollegen Lothar Herzog und Alfons Müller.

Um 19.21 Uhr jagte der rote Mercedes-Rettungswagen vom Typ L 0319 bereits in Richtung Universitätsklinik Eppendorf. Während der Fahrt verabreichten Herzog und Lentzer der Frau Sauerstoff, obwohl sie ihrer Meinung nach längst tot war.

In der Chirurgischen Abteilung der Universitätsklinik Eppendorf herrschte um diese Stunde Hochbetrieb. Nach einem Verkehrsunfall waren drei Schwerverletzte eingeliefert worden. In der Ambulanz hatte an jenem Sonntag der damals 30jährige Assistenzarzt Dr. Klaus Pankratz* Dienst. Er leistete gerade seine chirurgische Pflichtausbildung ab, doch seine wirkliche Leidenschaft gehörte bereits zu dieser Zeit der Urologie.

Als der Rettungswagen mit Margarete Karstens eintraf, sprang Alfons Müller heraus und lief in die Notaufnahme: »Doktor, wir haben da eine Frau dabei. Ein Tabletten-

---

* Name geändert.

selbstmord. Aber ich glaube, da ist wohl nichts mehr zu machen!«

Dr. Pankratz, heute Chefarzt der urologischen Abteilung im Krankenhaus einer kleinen, norddeutschen Stadt, erinnert sich: »Ich bin dann mit dem Feuerwehrmann hinausgegangen und dort in den Wagen gestiegen. So weit ich noch weiß, war die Frau ganz grau und fühlte sich kalt an. Und was für mich sehr wesentlich war: Ich habe ihr noch ins Auge geleuchtet, und da war kein Reflex mehr. Also, ganz ehrlich, selbst wenn ich die Frau heute lebend träfe, ich würde was darauf schwören, daß sie damals tot war!«

»Warum wurden denn weder ein EKG noch ein EEG abgenommen?«

»Das war damals nicht üblich. Wenn die uns so jemanden brachten, dann sind wir immer nur an den Wagen gegangen und haben uns dort die Sache angesehen. Ich meine, später, nach dieser Affäre, wurde dann angeordnet, daß grundsätzlich ein EKG und sowas gemacht wird.«

Für Dr. Klaus Pankratz war Margarete Karstens also tot, und so wies er denn die Besatzung des Sankas an: »Die bringt ihr man gleich rüber zum gerichtsärztlichen Dienst!« »In Ordnung, Doktor«, sagte Alfons Müller, und fuhr die Tote zum Rechtsmedizinischen Institut. Gegen 19.40 Uhr klingelte es dort an der Pforte. Volker Stallbaum, damals 25jähriger Medizinstudent mit einmaligem Sondervertrag, hatte in der Nacht vom Sonntag auf den Montag Bereitschaftsdienst. Stallbaum öffnete das Tor und ließ den Rettungswagen ein. Alles lief routinemäßig, die Feuerwehrleute besaßen genügend Erfahrung im Umgang mit dem gerichtsärztlichen Dienst. Auf der Trage brachten sie die Leiche von Margarete Karstens in einen Vorraum. Dort bettete man die Frau auf ein Metallwägelchen um und rollte sie in den Lastenaufzug, der dann langsam in die Kellergewölbe zu den Kühlräumen hinabglitt.

Volker Stallbaum, heute praktischer Arzt in Altenmedingen, einem winzigen Ort bei Hannover, erzählt: »Ich lief derweil über die Treppe hinab, um alles vorzubereiten. Unten vor den Kühlzellen stand eine große Waage, auf der wir das Gewicht der Leichen gleich bei der Einlieferung feststellten. Das erleichterte nachher bei der Obduktion die Arbeit. Außerdem wurde jeder Tote sofort gemessen. Die Kühlzellen selbst sehen in Hamburg aus wie große Schränke. Hinter jedem Türflügel werden vier Leichen aufbewahrt. Sie liegen in vier Etagen auf Gitterrosten übereinander. Ich war also dort unten in dem Vorraum, als der Aufzug ankam. Die Feuerwehrleute rollten die Frau heraus. Dann wollten wir sie auf die Waage legen, und dabei habe ich dann bemerkt, daß sie noch lebte.«

»Woran haben Sie das denn gemerkt?«

»Ja, das war ganz eigenartig. Ich kann gar nicht sagen, woran ich das genau gemerkt habe, sondern es war einfach der Gesamteindruck. Das ist ein bestimmtes Gefühl, das man mit der Zeit entwickelt. Ich hatte damals bereits 12000 Leichen gesehen und zum Teil selbst obduziert. Da bekommt man einen Blick dafür, da sieht man einfach, ob jemand noch lebt oder schon tot ist. Und diese Frau, das sagte mir mein Gefühl, war nicht tot!«

»Hätte das nicht auch der Arzt in der Ambulanz sehen müssen?«

»Wenn Sie mich so fragen: Nein! Die Frau sah schon ziemlich tot aus, und wer nicht, wie ich, dauernde Erfahrung mit Leichen hatte, der konnte sie schon für wirklich tot halten.«

»Was passierte nun?«

»Ich lief sofort hoch in mein Bereitschaftszimmer und holte ein Stethoskop. Ich habe nach den Herztönen gehört, aber da war nichts, absolut nichts. Ich habe trotzdem mit Herzmassage begonnen, und das etwa eine halbe Stunde lang weitergeführt. Dann wurden ganz schwache, ganz unregelmäßig Herzschläge hörbar. Wir brachten die Frau nun wieder nach oben zum Krankenwagen. Bevor sie zurücktransportiert wurde in die Chirurgische, habe ich mit den Feuerwehrleuten ausgemacht, daß die ganze Sache unter uns bleibt, denn so etwas kann einfach mal vorkommen. Na ja, und für die Feuerwehrleute war das dann so ein Erlebnis, daß sie den Mund einfach nicht halten konnten.«

»Wenn Sie den Scheintod nicht rechtzeitig entdeckt hätten – was dann?«

»Nun, wir hätten die Frau gewogen und gemessen, und dann in eine Kühlzelle geschoben.«

»Hätte Frau Karstens das überlebt?«

»Nein, sicher nicht. Wir hatten an diesem Wochenende soviele Leichen, da wäre sie mindestens drei Tage bis zur Obduktion liegengeblieben. Und das bei einer Temperatur von vier Grad Celsius. Also, so schmal und zierlich, wie die Frau war, hätte sie das garantiert nicht überlebt.«

Minuten später brachte der Rettungswagen Frau Karstens zurück in die Ambulanz. Dr. Pankratz: »Die Feuerwehrmänner kamen zu mir rein, ganz bleich, und sagten, ich hätte mich geirrt, es wäre wohl noch nicht so weit mit ihr. Ja, und da haben wir die Frau sofort auf die Intensivstation gelegt.«

Fünf Tage lang blieb Margarete Karstens bewußtlos, dann, am Freitagvormittag gegen 11 Uhr, erwachte sie.

»Ich habe gemerkt, daß ich in einem Bett lag und um mich herum einige Leute standen, darunter auch mein Mann. Gleich darauf bin ich wieder eingeschlafen. Zwischen meinem Selbstmordversuch und dem Aufwachen ist ein großes Loch, ich habe nichts gehört, nichts gespürt, einfach nichts. Erst viel später habe ich erfahren, was mit mir geschehen war«, sagt Margarete Karstens heute.

Gut sechs Wochen später wurde sie gesund entlassen. »Die Ärzte haben mich gründlich untersucht, aber auch geistig ist nichts zurückgeblieben, lediglich am Anfang verspürte ich Schmerzen im Brustkorb, aber das verging bald wieder.«

Als die Presse von der Sache erfuhr, begann für die Karstens ein Spießrutenlaufen. »Zunächst umlagerten Reporter unser Haus und fotografierten mich heimlich. Als dann der Bericht groß erschien, wurde mein Mann von allen Seiten daraufhin angesprochen. Wirklich, wenn ich das geahnt hätte, ich glaube, ich hätte das alles nicht gemacht. Aber damals meinte ich, es sei einzig und allein meine Sache, was ich mit meinem Leben anstelle.«

Alexander Karstens wurde schließlich gebeten, seine zahlreichen öffentlichen Ehrenämter zur Verfügung zu stellen. Karstens willigte ein, verkaufte sein Hamburger Haus und zog aufs Land, irgendwo nach Schleswig-Holstein.

Ironie des Schicksals: Alexander Karstens, der Mann, der seine Frau lieber heute als morgen hatte loswerden wollen, brauchte sie schon bald sehr dringend. Innerhalb kurzer Zeit erlitt er zwei Herzinfarkte und war vollkommen pflegebedürftig, bis er 1975 schließlich starb. »Von früh bis spät mußte ich mich um ihn kümmern, ihn waschen, füttern, unterhalten. Das waren harte sechs Jahre«, sagt Margarete Karstens heute.

Seit dem Tod ihres Mannes lebt sie in dem Altersheim bei Kiel. Sie bewohnt eine herrlich gelegene Zweizimmer-Wohnung im Parterre, geschmackvoll in altdeutschem Stil eingerichtet. Margarete Karstens liest viel, besucht Vorträge in der Volkshochschule, zweimal die Woche stehen Bridge und Canastaspiel auf dem Programm. Bei der Heimzeitung arbeitet sie als Redakteurin mit. Ihre Gelenkentzündung freilich wurde noch schlimmer, und das Herz läßt langsam nach. Dennoch ist Frau Karstens zufrieden: »Heute, nachdem ich alleine bin, kann ich endlich so leben, wie ich es an der Seite meines Mannes immer gerne getan hätte.«

»Sind Sie im nachhinein froh über ihre Rettung?«

»Ich glaube, ja. Ich war zwar auch nachher noch oft verzweifelt, aber jetzt darf ich doch noch eine sehr schöne Zeit erleben. Ich bin meinem Schicksal dafür dankbar.«

»Haben Sie Angst vor dem Tod, Frau Karstens?«

»Nein, absolut nicht. Ich gehe, wenn ich gerufen werde, aber Angst davor habe ich nicht.«

»Haben Sie nach ihrem damaligen Erlebnis Angst davor, scheintot begraben zu werden?«
»Nein, auch das nicht.«
»Sind Sie gläubig?«
»Ja, ich bin sehr gläubig sogar. Allerdings glaube ich nur an Gott und nicht an die Kirche.«
»Eine letzte Frage, Frau Karstens: Haben Sie eigentlich noch Vertrauen zu den Ärzten?«
»Aber ja, unbedingt!«
»Obwohl Sie fälschlich für tot erklärt wurden?«
»Nun, schließlich sind es ja auch wieder Ärzte gewesen, die mich gerettet haben.«
Für Dr. Klaus Pankratz hatte die Fehldiagnose keinerlei Konsequenzen. Die Hamburger Schulbehörde als Kontrollinstanz der Eppendorfer Universitätskliniken forderte von ihm und von Dr. Stallbaum je einen Bericht an und übergab den Fall anschließend dem ärztlichen Standesgericht.

In einem geheimen Verfahren sprachen dort die Kollegen den Assistenzarzt von jeder Schuld frei.

*

Schlaf- und Schmerzmittelvergiftungen sind die häufigste und damit wichtigste Scheintod-Ursache. Doch es gibt noch einen anderen, geheimnisvollen Grund für eine »vita minima«, der allerdings nicht in der Ostberliner Regel steht.

Wochenlang freiwillig im Sarg

Professor Prokops bewährtes ABC des Scheintods könnte fast noch um einen Buchstaben erweitert werden: Um »H« wie Hypnose. Der Professor selbst weist darauf hin, daß ein todähnlicher Zustand auch durch Eigensuggestion herbeigeführt werden kann. Der Ostberliner Gerichtsmediziner hat sich mit indischen Jogis beschäftigt, die ihr Herz scheinbar stillstehen lassen konnten.

»Diese Fakirleistung ist nicht außergewöhnlich«, schreibt Prokop in seinem Standardwerk »Forensische Medizin«. Im hypnotischen Tiefschlaf sei es ohne weiteres möglich, die Herz- und Atemtätigkeit stark herabzusetzen. Dadurch werde auch der Stoffwechsel und die Wärmeproduktion verringert, so daß Yogis längere Zeit ohne Nahrung, Wasser und ohne eine größere Menge Sauerstoff überleben könnten.

Der amerikanische Forscher D. H. Rawcliff hat dabei Jogis sogar durchleuchtet. Er berichtet: »Zunächst untersuchte ich das Herz des Jogi ‚Deshbandnu‘, und markierte auf dem Röntgenschirm die Lage der Herzspitze. Dann sagte ich ihm, er solle nun den Herzschlag anhalten. Daraufhin zog sich sein Herz zusammen, der Umfang wurde immer kleiner. Die Herztöne waren jetzt unhörbar, obwohl das rhythmische Zusammenziehen des Herzmuskels andauerte. Es schlug sechzigmal in der Minute, und dies, obwohl keine Herztöne zu hören waren.«

Sowjetische Wissenschaftler, wie die Professoren Bassin und Platonow, kamen zu ähnlichen Ergebnissen. In ihrem Schlußbericht über den Scheintod der Fakire heißt es: »Wir haben festgestellt, daß diese Männer tatsächlich über die Fähigkeit verfügen, sich in einen Zustand zu versetzen, in dem die Stoffwechselprozesse so weit vermindert sind, daß der Körper kaum Sauerstoff benötigt; sie können den Herzschlag herabsetzen und die Atmung über einen langen Zeitraum hinweg nahezu völlig unterbinden.«

Nach Berichten von Augenzeugen halten die Fakire dies sogar wochenlang aus. Ein Meister dieses Fachs habe sogar vierzig Tage unter der Erde und im Sarg verbracht und sei von seinen Gehilfen mühelos wiederbelebt worden.

Wie erklären die Fakire dies selbst? Sie tun es gar nicht. Vor Wissenschaftlern wie Rawcliff sprachen sie nur ganz allgemein von geheimnisvollen Kräften und murmelten magische Formeln.

Daß derlei selbsthypnotische Fähigkeiten nicht nur auf Jogis beschränkt sind, beweist ein Bericht der amerikanischen Entwicklungshelferin Nancy Tilotson. Sie lebte mehrere Jahre bei den Aymaran-Indianern in Bolivien. Diesem Stamm gehört auch die 52jährige Picu an. Immer wenn sie Sehnsucht nach den Göttern hat, versetzt sie sich in einen scheintodähnlichen Trancezustand. Nancy Tilotson erzählt:

»Es dauert stets zwei, drei Stunden, dann fällt Picu so tief in Hypnose, daß ihr Puls nicht mehr wahrnehmbar ist. Sie atmet auch nicht mehr, und ihre Körpertemperatur sinkt. Sie wird dann so steif, als hätte bei ihr die Totenstarre eingesetzt.«

Zweimal war die alte Picu so lange scheintot, daß ihre Stammesgenossen schon glaubten, sie sei wirklich verstorben. In beiden Fällen wachte sie erst kurz vor der Beisetzung wieder auf...

In der Heimat von Nancy Tilotson, in den USA, verführen solche Berichte von Urwald-Zauberern und freiwilligem Begrabenwerden zur Nachahmung. In Leesville, South Carolina, wurde darin sogar ein Weltrekord aufgestellt.

Genau fünfundvierzig Tage, drei Stunden und zehn Minuten hielt es der damals 38jährige Amerikaner W. C. Whitman in seinem selbstgebauten Luxussarkophag aus. Am 2. Juni 1967 hatte er sich eingraben lassen. Sein Sarg war 1,80 Meter lang, 1,20 Meter hoch und 1,15 Meter breit. Und damit es der ‚Leiche' nicht langweilig wurde, hatte Whitman seinen Komfort-Schrein mit einer kleinen Bibliothek, elektrischem Licht, einem Fernsehapparat, Telefon und Klimaanlage ausgestattet. Mit der Außenwelt war der Beerdigte durch ein Beobachtungsrohr verbunden. Als Whitman anderhalb Monate später wieder aus seinem selbstgewählten, 2,5 Meter tiefen Grab befreit wurde, war er buchstäblich leichenblaß, hatte acht Pfund abgenommen und schnappte nach Luft: »Ich habe es zwar durchgehalten, aber es war grauenvoll da unten«, sagte Whitman.

Früher waren Pest und Ruhr die Hauptursachen einer »vita minima«. So wußte der hochgeschätzte römische Medicus Paul Zacchias im 17. Jahrhundert von einem jungen Mann zu berichten, der gleich zweimal versehentlich unter die Pestilenz-Toten geworfen wurde und beidesmal nur mit knapper Not dem Massengrab entging.

Die Ruhr befiel den wohl berühmtesten Scheintoten aller Zeiten: Ludwig IX., König von Frankreich und später »Ludwig der Heilige« genannt (1226 bis 1270).
Der damals 29jährige Herrscher erkrankte 1244 an der mit Durchfall und Auszehrung einhergehenden Seuche so schwer, daß er schon bald kein Lebenszeichen mehr von sich gab. Seine Ärzte warteten noch einige Stunden ab, dann erklärten sie den jungen König für tot. Im ganzen Land wurde Staatstrauer angeordnet, der Hof bereitete eine pompöse Bestattung vor, wie sie eines Herrschers würdig war. Und dann geschah das Unglaubliche: Die Geistlichen hatten gerade mit der Totenmesse begonnen, als der ‚Leichnam' plötzlich die Augen öffnete. Frauen kreischten, andere waren starr vor Schreck. Ludwig IX. erholte sich in wenigen Wochen vollkommen und lebte noch 26 Jahre lang munter weiter. Er unternahm während dieser Zeit unter anderem einen Kreuzzug nach Jerusalem, für den er 1297, genau 27 Jahre nach seinem endgültigen Tod, heiliggesprochen wurde.
Die Ruhr gehört nach Meinung des Brüsseler Arztes P. J. B. Previnaire (1790) mit zu den »sichtbaren Ausleerungen, deren Uibermaas die Ursache des Scheintodes werden kann.«

Der «Arztneygelahrtheit Doktors» weiß in diesem Zusammenhang aber noch weitere solcher Gefährdungen. In seiner »Abhandlung über die verschiedenen Arten des Scheintodes« warnt er:

»Der zu starke Verlust des Saamens, durch Ausschweifungen in dem Beischlafe, führt noch zu schrecklicheren Zufällen. Bartholin sah einst einen jungen Ehemann, der nach Ausschweifungen dieser Art den Tag nach seiner Hochzeit ein hitziges Fieber mit einer großen Entkräftung, mit Ekel, Aengstlichkeit, Phantasieren, Schlaflosigkeit und Ohnmachten bekam. Sauvages erzählt von einem Manne, der mitten in dem Genusse am ganzen Körper Krampf bekam, wobei ihm alle Glieder steif wurden, und wobei er alle Empfindung und alles Bewußtsein verlor.«

Die Frauen sind jedoch keineswegs besser dran: Das schlichte Ausbleiben der Regelblutung kann, so glaubt der Brüsseler Experte, ebenfalls zum Scheintod führen. Die Empfehlung des besorgten Mediziners, solchem vorzubeugen: »Die Freuden der Liebe, wenn sie das Weib rechtmäßig genießen kann, sind in dieser Krankheit die am besten wirkenden Mittel.«

Besonders im Krieg war einst die Gefahr groß, als Verwundeter, als Lebender unter die Toten geworfen zu werden. Doktor Previnaire: »Die Unmenschlichkeit der Befehlshaber, und die Nachlässigkeit der Wundärzte richten oft mehr Soldaten hin, als das Schwert des Feindes. Man berichtete einstmahls einem schweizerischen Hauptmanne, welcher nach einer Schlacht alles unter einander, Tode und Sterbende begraben ließ, das einige Soldaten noch lebten, und um ihr Leben bäten. »Ei was«, sagte er, »wenn man darnach gehen wollte, so würde es keinen einzigen Toden geben.« In der That, der Barbar verdiente selbst lebendig eingescharrt zu werden!«

*

Die Nachlässigkeit der Wundärzte... Die Angst davor ist über Jahrhunderte hinweg bis heute geblieben. Gerade jetzt bewegt sie mehr Menschen als je zuvor. Das Stichwort heißt »Organspender«. Denn Tote sollen künftig Lebenden helfen. Dafür aber brauchen die Ärzte einiges Vertrauen der Öffentlichkeit...

Der Nieren-Spender lebte noch

Jeder Bundesbürger soll künftig durch einen Vermerk in seinem Ausweis erkennen lassen, ob er bereit ist, im Falle seines Todes ein Organ zu spenden. Denn Nieren und die Hornhäute der Augen werden dringend benötigt; damit kann vielen Schwerkranken oder Blinden geholfen werden.

Darf der Betroffene aber auch sicher sein, daß ihm diese Organe wirklich erst entnommen werden, wenn er tot ist? Unwiderruflich tot? Kann es nicht passieren, daß einem Scheintoten oder einem Sterbenden durch die Entnahme die letzte Lebenschance genommen wird? Äußerst strenge Gesetze werden die Feststellung des Todes gerade im Hinblick auf Transplantationen regeln müssen.

Bisher scheinen sie nicht überall streng genug gewesen zu sein. Denn sonst wäre nicht geschehen, was in England geschah...

Die ungeheuerliche Geschichte begann am 16. Februar 1974. Mit heulender Sirene fuhr kurz nach 17 Uhr der Rettungswagen am Selly Oak Hospital in Birmingham vor. Der Notarzt lieferte den tiefbewußtlosen Michael McEldowney ein.

Der 65jährige war direkt vor ein Auto gelaufen und meterweit zur Seite geschleudert worden. Schon der Augenschein ergab: Schwerste Kopfverletzungen. Offensichtlich war auch das Gehirn hoffnungslos geschädigt.

Minuten später wurde über Telex das benachbarte Queen-Elisabeth-Krankenhaus informiert. Ein möglicher Nierenspender läge auf der Intensivstation von Selly Oak, hieß es in dem Fernschreiben. Zwei Assistenzärzte versuchten, einen Angehörigen von Michael McEldowney ausfindig zu machen. Verheiratet war der Mann nicht. Die Polizei schaltete sich ein und bat die Nachbarschaft des Verunglückten um Mithilfe. Drei Stunden danach war der einzige Verwandte von Mr. McEldowney gefunden: Ein Neffe in Ulster. Und dieser ließ sich nicht lange bitten. Ein kurzes Telefonat, dann erklärte er sein Einverständnis mit der Nierentransplantation.

Am 20. Februar morgens um 9.30 Uhr hörte der schwerverletzte McEldowney zu atmen auf. Die diensthabende Ärztin, Dr. Susan Padmore, spritzte ein kreislaufstärkendes Medikament und schloß den Patienten an die Herz-Lungen-Maschine an. Als die Spontanatmung auch nach einer Stunde nicht zurückgekehrt war, erklärte die junge Frau Doktor Michael McEldowney kurzerhand für tot. Was sie freilich nicht wußte: Nach internationaler Übereinkunft müssen mindestens zwei vom Verpflanzungsteam unabhängige Ärzte den Organspender untersuchen, um hundertprozentig sicherzustellen, daß der Betreffende nicht mehr lebt. In England ist diese Bestimmung zusätzlich verschärft worden: Die beiden Mediziner, so wollen es die britischen Vorschriften, müssen mindestens fünf Jahre lang auf ihrem Fachgebiet praktisch tätig gewesen sein. Susan Padmore dagegen hatte gerade drei Jahre Praxis, als sie allein die schwerwiegende Entscheidung traf.

Der Chirurg Dr. Anthony David Barnes vom Queen-Elisabeth-Hospital wurde telefonisch vom Tod des Nierenspenders informiert und bereitete sofort die Transplantation vor.

Wenige Minuten vor 11 Uhr schob man Michael McEldowney in den Operationssaal. Dr. Barnes untersuchte den Mann noch einmal, stellte aber »keinerlei Lebenszeichen mehr« fest, wie er später vor Gericht aussagte.

Genau um 11.10 Uhr setzte Dr. Barnes das Messer an. OP-Schwester Anna Whitcombe berichtete später: »Der Doktor machte jetzt einen etwa 20 Zentimeter langen, bogenförmigen Leistenschnitt mit dem Elektroskalpell.« Das Elektroskalpell, in der Fachsprache »Thermokauter« genannt, hat einen großen Vorteil: Die elektrisch erhitzte Klinge kann die durchtrennten Äderchen sofort verschmoren und dadurch die Blutungen stillen. Das Operationsfeld bleibt sauber und übersichtlich.

Anna Whitcomb war das erste Mal bei einer solchen Transplantation mit dabei. Als sie Sekunden später bemerkte, daß der rechte Fuß des Toten zuckte, schwieg sie. »,Das kann einfach nicht sein. Du täuschst Dich, ganz bestimmt', habe ich in diesem Moment gedacht«, erzählte sie später vor Gericht. Sie hatte sich leider nicht getäuscht: Schon wieder machte der Fuß eine kurze, aber deutliche Bewegung.

»Dr. Barnes, Dr. Barnes, der Mann zuckt, der Mann lebt noch!«, rief die Schwester in heillosem Entsetzen.

Der Chirurg unterbrach sofort die Arbeit. Dann sah er es selbst: Der Fuß zuckte. Doch der Mediziner hatte eine Erklärung dafür: »Das ist die elektrische Stimulation, die von meinem Skalpell ausgeht. Da werden die Nerven gereizt, deshalb bewegt sich das Bein. Der Mann ist tot, glauben Sie mir.« Sprach's und setzte das Messer erneut an.

Anna Whitcomb war völlig verwirrt. »Nein, nein, ich will damit nichts mehr zu tun haben. Ich mache da nicht mehr mit«, rief sie, legte alle Instrumente aus der Hand und lief weinend davon. Dr. Barnes schüttelte nur verständnislos den Kopf und wollte weiteroperieren. In diesem Augenblick fing der Patient an, von selbst zu atmen. Der Eingriff wurde sofort abgebrochen, die große Schnittwunde vernäht. So schnell es irgend ging, verlegte man McEldowney wieder auf die Intensivstation.

Doch sein neues Leben war nicht von langer Dauer: Fünfzehn Stunden später setzte seine Atmung erneut aus. Und auch dieses Mal diagnostizierte, entgegen den Vorschriften, nur ein einziger Arzt seinen zweiten, endgültigen Tod. Anderthalb Stunden danach wurden der Leiche von Michael McEldowney beide Nieren entnommen und eiligst verpflanzt.

Keine vier Wochen nach dem Vorfall standen die verantwortlichen Ärzte Susan Padmore und Dr. Anthoney David Barnes in Birmingham vor Gericht. Schwester Anna Whitcomb trat als Hauptzeugin auf. Sie erzählte schauerliche Dinge: »Kurz bevor Dr. Barnes beim ersten

Mal damit begann, den Mann aufzuschneiden, fragte er in die Runde: ‚Na, seid ihr nicht auch froh, daß wir endlich doch noch einen Spender gefunden haben?'«

Den Hintergrund dieser Aussage erklärte Dr. Barnes dann selbst dem Richter: »Wir waren in einer echten Notsituation. So wenig Transplantate wie zu dieser Zeit haben wir noch nie gehabt. Das war der niedrigste Stand seit sechs Jahren, und in ganz Großbritannien herrschte eine enorme Nachfrage. Wir waren wirklich froh um jede Niere.«

In dem Prozeß deckte der Staatsanwalt zudem auf, daß bei Michael McEldowney nicht einmal ein Elektroenzephalogramm (Gehirnstrommessung) gemacht worden war. Dr. Padmore hatte sich voll und ganz auf unsichere Todeszeichen verlassen. Daß der Patient dann sofort auf den Operationstisch kam, erläuterte der Nierenverpflanzer Barnes so: »Ich bin den Empfängern gegenüber verpflichtet, die Nieren möglichst frisch, möglichst körperwarm zu implantieren. Die Organe dürfen nicht absterben in der Zwischenzeit. Deshalb mußte es auch in diesem Fall so furchtbar schnell gehen. Organtransplantationen sind ein Wettlauf mit der Zeit.«

Das Verfahren endete mit einem Freispruch. Die Gutachter, darunter der Neurologe Dr. James Hamilton vom Smethwick Hospital, vertraten geschlossen die Ansicht, Michael McEldowney sei bereits vor dem ersten Eingriff gehirntot gewesen. Ob er in Wirklichkeit jedoch noch lebte, und ihm erst die Transplantationsversuche den letzten Funken Leben aushauchten, das wird nie mehr geklärt werden.

Fast genau ein Jahr später, am 12. Februar 1975, spielte sich ein ähnliches Drama in den Vereinigten Staaten ab. Kurz nach 10 Uhr vormittags schob ein Pfleger den 46jährigen William Winogrond in den Operationssaal des Columbia-Hospitals von Milwaukee. Dem Toten sollten zu Transplantationszwecken beide Augen und die Nieren entnommen werden...

Vor zwei Tagen war der Verwaltungsfachmann zu Hause beim Abendbrot urplötzlich blaß geworden und leblos vom Stuhl gerutscht. Seine Frau, die 43jährige Iris Winogrond, rief sofort Polizei und Notarzt. Die Rettungsmannschaft versuchte es eine Viertelstunde lang mit Mund-zu-Mund-Beatmung und Herzmassage. Vergeblich, die Lebensfunktionen stellten sich nicht mehr ein. Der Assistent des Universitäts-Dekans von Wisconsin hatte wahrscheinlich einen schweren Herzinfarkt erlitten; wegen Überarbeitung, wie seine Frau vermutete.

Auf der Intensivstation des Columbia-Krankenhauses hielt man William Winogrond anschließend mit Hilfe einer Herz-Lungen-Maschine noch künstlich am Leben. Das EEG zeigte Nullinie, der Gehirntod war also bereits eingetreten. Am Dienstagabend informierten die Ärzte Frau Winogrond davon, und baten sie um ihr Einverständnis für die Entnahme der Nieren und Augen. Und Iris Winogrond unterschrieb die Verfügung. Sie erfüllte damit einen letzten Wunsch ihres Mannes. Als Mitarbeiter der Universität wußte er sehr genau, wie groß der Bedarf an Organspendern war, und hatte deshalb seine Familie mehrfach gebeten, seine Leiche für diesen Zweck freizugeben.

Als der Tote am nächsten Morgen auf dem Operationstisch lag, wollte der Chirurg zunächst die Hornhaut aus beiden Augen herausschälen und anschließend die Nieren entnehmen. Der Arzt zog das Tuch vom Gesicht des Toten, und in dieser Sekunde geschah es: William Winogrond blinzelte mit einem Lid. »Mein Gott, der Mann lebt noch, schnell, schnell zurück auf die Intensivstation«, stammelte der Chirurg.

Iris Winogrond hatte bereits sämtliche Formalitäten für die Beisetzung erledigt, als das Krankenhaus sie telefonisch davon benachrichtigte.

Eine Stunde nach dem Anruf traf die ‚Witwe‘ im Columbia-Hospital ein. William Winogrond war inzwischen bei vollem Bewußtsein, nur sprechen konnte er noch nicht. »Wenn Du mich hörst, Liebling, dann zwinkere mit den Augen«, bat seine Frau Iris. Und der Scheintote gab ihr das vereinbarte Zeichen.

In der Nacht von Donnerstag auf Freitag konnte sich William Winogrond das erste Mal für kurze Zeit in seinem Bett aufsetzen. Zu der Krankenschwester sagte er: »Ich merke, es wird schon wieder« und brachte sogar ein zaghaftes Lächeln zustande.

Ende März 1975 wurde der Mann, dem beinahe Augen und Nieren bei lebendigem Leib herausgeschnitten worden wären, nach Hause entlassen.

Um solche Fälle bei uns mit absoluter Sicherheit auszuschließen, ist man in den meisten Transplantationskliniken der Bundesrepublik dazu übergegangen, anstelle des unzuverlässigeren und zeitraubenden EEGs eine »Angiographie« durchzuführen. Dabei wird in die Halsschlagader des möglichen Organspenders ein Kontrastmittel gespritzt. Funktioniert die Blut- und Sauerstoffversorgung des Gehirns noch, so verteilt sich auch die Flüssigkeit im Gehirn. Andernfalls bleibt das Kontrastmittel in der Schädelbasis stehen. Beides wird durch eine Röntgenaufnahme vermittelt. Die »Angiographie« muß nach etwa dreißig Minuten wiederholt werden. Ist die Gehirndurchblutung dann noch immer unterbrochen, so ist damit der Hirntod bewiesen.

Doch nicht nur vor Organentnahmen wachten Totgeglaubte wieder auf. Auch bei Einbalsamierungen wurden derlei Schreckensvisionen Wirklichkeit. 1967 machte hier das Schicksal des amerikanischen Soldaten Jacky Bayne Schlagzeilen.

Der große, kräftig gebaute Mann mit dem sympathischen Jungengesicht und den kurzgeschnittenen, blonden Haaren war bei seinen Vorgesetzten beliebt: Er galt als zuverlässig, anpassungsfähig und körperlich durchtrainiert. Kein Wunder, denn Bayne hatte bis zu seiner Einberufung an der Sportakademie studiert, um später ins Lehrfach zu gehen. Der tüchtige GI aus Fort Mill in South Carolina erhielt eine solide, militärische Ausbildung mit hartem Drill. Seine Einheit sollte nach Vietnam versetzt werden. Und dort brauchte man harte Männer. Eines Tages war es soweit. Jacky Bayne, inzwischen Korporal (entspricht dem Obergefreiten), erhielt seinen Marschbefehl. Seine alte Mutter besuchte ihn noch einmal, Stunden später ging bereits die Maschine.

Jacky Bayne wurde in Vietnam im Gebiet von Chu Lai eingesetzt, etwa 500 Kilometer von Saigon entfernt. Er war Angehöriger der 196. Leichten Infanterie Brigade. Seine Aufgabe bestand aus schwierigen Kontrollgängen, zusammen mit einem erstklassig dressierten deutschen Schäferhund. »Bruno«, wie der Rüde hieß, rettete Jacky Bayne im Laufe der kommenden Monate mehrmals das Leben. Seine empfindliche Nase witterte auch da noch die drohende Gefahr, wo menschliches Auge und Ohr längst versagten. Zwischen Jacky und seinem Weggefährten entwickelte sich schon bald eine tiefe Freundschaft.

Auch am 16. Juli 1967 waren die beiden für einen morgendlichen Kontrollgang eingeteilt worden. Ein ordentliches Frühstück, mit heißem Kaffee, dann machte sich Jacky mit »Bruno« auf den Weg. Es sollte ihr letzter gemeinsamer Einsatz sein...

Bereits jetzt war es drückend heiß, und die hohe Luftfeuchtigkeit verhinderte ein linderndes Schwitzen. Als sich der GI und sein Hund durch das Dickicht vorarbeiteten, fing »Bruno« plötzlich an zu winseln und wollte nicht mehr weiter. »Na, was ist denn los, mein Alter«, sagte Jacky, und zog das Tier mit sich. Bruno winselte noch einmal und machte einen kraftvollen Sprung nach vorn. In diesem Augenblick zischte eine riesige Feuerwand empor, und eine furchtbare Detonation zerfetzte den Hund, und wirbelte Erde und Steine und Büsche in die Luft. Jacky Bayne wurde von der gewaltigen Druckwelle meterweit zur Seite geschmettert. Er spürte noch einen kurzen, stechenden Schmerz in den Beinen, dann schwanden ihm die Sinne.

Die beiden waren in eine Minenfalle der Vietcong geraten.

Im Lager hatte man die Explosion gehört und sofort einen Rettungstrupp losgeschickt, für alle Fälle. Fünfzehn Minuten nach dem Unglück fanden die Sanitäter den schwerverwundeten Corporal. Er sah grauenvoll aus: Die rechte Wade bestand nur noch aus blutigem Faserwerk, aus dem linken Unterschenkel ragte das Schienbein heraus. Es war ein offener Bruch. Während Bayne notdürftig versorgt wurde, blickte sich einer der GI's nach »Bruno« um. Er fand nicht mehr sehr viel. Durch den Sprung hatte das Tier die Hauptwirkung der Mine abgefangen.

Als die Militärärzte Bayne wenig später im 2. Chirurgischen Hospital in Chu Lai untersuchten, lautete ihre Diagnose denkbar schlecht: »Keine Reflexe, keine Atmung, kein Pulsschlag mehr, außerdem hoher Blutverlust«. Die Mediziner massierten noch einige Zeit das Herz, doch das EKG zeigte weiterhin Nullinie. Nach 45 Minuten gaben die Felddoktoren auf.

Die Leiche wurde in die Gräberregistratur überführt. Der zuständige Sergeant machte ein Kreuz hinter dem Namen Bayne und setzte ihn mit auf die Liste für den nächsten Totentransport nach USA. Dann schob man den Corporal in die provisorische Leichenhalle, eine langgestreckte, wärmeisolierte Baracke. Eine leise surrende Klimaanlage sorgte für die nötige Kühle im Raum. Jacky Bayne blieb viele Stunden lang dort liegen; wie lange genau, das weiß heute niemand mehr zu sagen. Irgendwann erschien ein Mann aus dem Lazarett und machte sich an die traurige Aufgabe der Einbalsamierung.

Dabei werden nicht mehr wie früher die Organe und das Gehirn des Leichnams entfernt, sondern lediglich Konservierungsmittel in sämtliche Adern des Toten gepumpt. Zu diesem Zweck öffnet der Einbalsamierer die Arterien an den beiden Oberschenkeln der Leiche, und während auf der einen Seite »Eosin« hineinfließt, läuft auf der anderen das Blut heraus. Das »Eosin« bewahrt den Leichnam vor Fäulnis und sorgt durch seine rote Farbe dafür, daß der Tote fast lebendig und gesund durchblutet aussieht. Vor allem in den Vereinigten Staaten ist dies sehr beliebt.

Der Präparator hatte gerade die linke Oberschenkelarterie von Jacky Bayne aufgeschnitten, als geschah, was bei einer Leiche normalerweise nicht möglich ist: Die Wunde begann zu bluten. Der Mann, der soeben einbalsamiert werden sollte, lebte noch. Sein Puls hatte wieder angefangen zu schlagen, und auch die Atmung setzte ein, noch schwach, aber regelmäßig!

Dem Sanitäter fiel das Skalpell aus der Hand. Er konnte es einfach nicht glauben und fühlte deshalb noch an der Halsschlagader nach. Auch hier ein Zucken. Es gab keinen Zweifel: Jacky Bayne lebte wirklich.

Minuten danach lag der totgesagte Korporal erneut im Feldlazarett, wo nun der Wettlauf um sein zweites Leben begann.

Daß solches nicht nur im vietnamesischen Dschungel und zu Kriegszeiten möglich ist, beweist der Fall von Heckuline Roseberry. Die 69 Jahre alte Dame aus Long Beach in Kalifornien wurde bald ebenfalls lebendig zum Einbalsamieren gebracht. Am 20. Mai 1971 war Misses

Roseberry auf der Intensivstation des Städtischen Krankenhauses »sanft entschlafen«, wie die Ärzte glaubten. Als sie anderentags auf dem Tisch des Präparators lag, schlug sie die Augen wieder auf. Der Einbalsamierer war darüber derart entsetzt, daß er einen Schock davontrug. Heckuline Roseberry wurde sofort wieder ins Hospital zurücktransportiert, und konnte zweieinhalb Monate nach dem Erlebnis entlassen werden.

Ähnliches passierte sechs Monate später auch einem Beerdigungsunternehmer in Canton/Ohio. Er war damit beschäftigt, eine 64jährige ‚Tote' mit Puder und Make up für die Trauermesse herzurichten. Da in den USA der Sarg während der Abschiedsfeier geöffnet ist, wird die Leiche vorher möglichst lebensecht geschminkt. So auch in diesem Fall. Als der Kosmetiker jedoch die Lippen nachziehen wollte, fing der ‚Leichnam' an zu stöhnen. Die Frau kam noch einmal in die Klinik, in der man sie wenige Stunden zuvor für tot erklärt hatte.

Die 71jährige Amerikanerin und ehemalige Krankenschwester Henrietta Landau dagegen befand sich erst auf dem Weg zum Einbalsamierer, als sich das noch vorhandene Leben durch unartikulierte Gurgellaute rechtzeitig bemerkbar machte. Die Scheintote starb allerdings zwei Tage nach dem Vorfall endgültig.

Nicht so Jacky Bayne. Im Lazarett erhielt der vermeintlich Gefallene massive Bluttransfusionen, insgesamt 26 Konserven oder 12 Liter. Nachdem sich der Zustand einigermaßen gebessert und die Pupillenreaktion wieder eingesetzt hatte, konnten in Chu Lai die nötigen Operationen vorgenommen werden. Die Ärzte mußten Jacky Bayne das rechte Bein bis in Höhe des Knies amputieren. Der offene Bruch am linken Unterschenkel verheilte ohne Komplikationen. Bis dahin hatte Bayne das Bewußtsein noch nicht wiedererlangt. Um eine bessere medizinische Versorgung zu gewährleisten, wurde der Korporal in die Heimat zurückgeflogen, und dort in das berühmte Militärkrankenhaus von Washington, in das »Walter-Reed-Hospital« eingeliefert. Auf Station 35 kam der 22jährige am 5. August 1967 wieder zu sich.

Zweieinhalb Monate später konnte Jacky Bayne, wenn auch nur zögernd und abgehackt, wieder sprechen. Seine Mutter besuchte ihn täglich mehrere Stunden und las ihm die vielen hundert Genesungswünsche vor, die aus allen Teilen Amerikas eintrafen. Und sein Zustand besserte sich weiter.

Als er Ende 1968 zur Nachbehandlung ins Veteranen-Hospital Columbia überführt wurde, stand im Einweisungsbericht: »Seine geistige Verfassung hat sich langsam aber stetig erholt bis zur vollständigen Wortbildung und einer allgemeinen Lebhaftigkeit.«

Ganz gesund wurde Jacky Bayne allerdings nicht mehr. Er kann zwar seine sämtlichen Glieder bewegen, doch er leidet unter einem andauernden, nervlich bedingten Zittern. Auch seine intellektuellen Fähigkeiten sind eingeschränkt. Es war ihm nicht mehr möglich, sein einst so geliebtes Studium wieder aufzunehmen, um später einmal Geschichtslehrer und Sporttrainer zu werden. Der Scheintote von Chu Lai lebt heute bei seiner alten Mutter in Fort Mill. Von der Regierung erhält er eine kleine Rente, denn die Ärzte haben ihm »absolute Unfähigkeit zur sozialen und beruflichen Eingliederung« attestiert.

Jacky Bayne trug einen bleibenden geistigen Defekt davon, aber er überlebte. Wie war das überhaupt möglich? Die amerikanischen Militärärzte nannten seinen Fall damals »erstaunlich«, »überraschend« und »einzigartig«. »Warum war der Korporal nicht verblutet?«, lautete die Frage.

Nach Meinung des Bonner Chirurgieprofessors Alfred Gütgemann passierte seinerzeit, stark vereinfacht, folgendes: Durch die Verstümmelung des linken Beins kam es zu einem starken Blutverlust. Bayne erlitt dadurch einen sogenannten »schweren Blutungskollaps«. Sein Körper versuchte den allmählich lebensbedrohlichen Blutmangel durch einen biologischen Trick auszugleichen: Die Adern in den Beinen, Armen und der Haut zogen sich zusammen und wurden nicht mehr durchblutet. Die gesamte noch vorhandene Blutmenge konzentrierte sich jetzt im Bauch- und Brustraum, und sicherte dadurch die lebenswichtige Blutversorgung der inneren Organe und des Gehirns. Ähnlich wie bei einer starken Schlaftabletten-Vergiftung, war Jacky Bayne dabei bewußtlos, seine Atmung und Reflexe weitgehend erloschen. In dieser todesgleichen Ruhe brauchte der Organismus nur sehr wenig Sauerstoff, und das bißchen konnte der noch minimal funktionierende Kreislauf mühelos beschaffen.

Daß sich die Militärärzte damals irrten, ist nicht verwunderlich: Bayne war totenbleich, kalt, seine Pupillen reagierten nicht mehr, und sein Herz schlug so schwach, daß selbst das EKG versagte. Den letzten Funken Leben hätte vielleicht eine Hirnstrommessung, ein EEG, registriert; aber das war draußen auf dem Kriegsschauplatz in Vietnam aus technischen Gründen nicht möglich.

Daß auch Menschen auf dem Sektionstisch vom Scheintod erwachen, darüber weiß vor allem die Medizingeschichte mehrfach zu berichten. Das wohl berühmteste und gleichwohl belegte Beispiel ist der Fall des Kardinals Benedict de Spinoza (1632 bis 1672), seinerzeit erster Staatsminister des spanischen Königs Phillip II. Er fiel, so wird berichtet, am Hofe »in Ungnade und nahm dieses Unglück so sehr zu Herzen, daß er darüber starb; wenigstens hielt ihn jedermann für wirklich todt. Den Seinigen war dieser so unerwartet, als plötzlich erfolgter Todesfall verdächtig, und sie wünschten zu wissen, ob er vielleicht vergiftet worden, oder woran er sonst gestorben sey. Man ließ ihn deshalb secieren, zumal da dieß ohnehin geschehen mußte, weil sein Körper, der Gewohnheit gemäß, einbalsamirt werden sollte. Zu dem Ende schnitt ihm der Wundarzt, dem dieses Geschäft übertragen war, die Brust auf. Kaum war der mörderische Schnitt geschehen, so erwachte der Kardinal aus dem Scheintode, in welchen ihn bloß die Traurigkeit versetzt hatte. Er schrie mit durchdringender Stimme, und fuhr mit der Hand nach dem Messer des Wundarztes. Dieser entfloh vor Angst und Entsetzen, und überließ den Ermordeten seinem grausamen Schicksale. Der Kardinal verblutete sich unter den entsetzlichsten Schmerzen, und starb als ein unglückliches Schlachtopfer der Unerfahrenheit und Unbehutsamkeit« (aus: »Der Scheintod, oder Sammlung der wichtigsten Thatsachen und Bemerkungen darüber« von Wilhelm Hufeland, Königl. Preuß. Geh. Rath und wirklichem Leibarzte, Berlin 1808).

Gut hundert Jahre früher war dem »hochberühmten Zergliederer« (Anatom) Andreas Vesalius ähnliches widerfahren. Dr. Johann Gottfried Taberger, seines Zeichens »Königlich Hannoverscher Hof-Medicus und großbritannischer Stabsarzt« schrieb dies nieder:
»Ein Hoffräulein..., das Vesal ärztlich behandelt hatte, war gestorben. Mit einiger Mühe erlangte Vesal die Erlaubnis, sie zu seciren. Der Brustkasten wurde auf die gewöhnliche Weise eröffnet, (eine Procedur, deren Erläuterung man hier aus dem Grunde gern erspart, weil sie auf Verlangen ein jeder Arzt geben kann, die aber von der Art ist, daß man glauben sollte, jede einzelne Handhabung derselben vermöge schon an sich das schlummernde Leben eines Scheintodten zu erwecken) und nachdem das Herz bloßgelegt war, fügte es sich durch Zufall, daß Vesal die Spitze desselben mit dem anatomischen Messer berührte. Es fing sogleich zu seinem und der Umstehenden Schrekken an sich zusammen zu ziehen; an Lebensrettung war hier leider nicht zu denken, denn schon nach einigen wenigen Pulsationen mußte der wahre Tod eintreten. Der Kaiser war zwar so großmüthig, dem Vesal zu verzeihen, aber der Papst legte ihm die Buße auf zum heiligen Grabe zu wallfarten. Er starb auf der Rückreise (im Jahre 1564).«

Und dann war da noch die Geschichte des französischen Abbé Prévôt, der in der Nähe von Paris bei lebendigem Leib obduziert wurde. Man achte hierbei vor allem auf die Einstellung der damaligen Behörden zu derlei Vorfällen. Taberger berichtet: »Bauern fanden ihn (den Abbé Prévôt) vom Schlage gerührt im Gehölz von Boulogne und trugen den Scheintodten zu einem Chirurgus, der mehrere Wiederbelebungsversuche vergeblich anwendete und hierauf die Justiz herbeirief; diese ordnete die Obduction an; schon nach den ersten Schnitten erwachte Prévôt mit einem herzzerreißenden Schrei. Die Lungen waren aber bereits verletzt, und der Unglückliche erschloß die Augen nur zum Leben, um zu sehen, auf welche gräßliche Art es ihm geraubt worden war. Auf die Anzeige dieses Vorfalls bei dem Polizei-Minister soll dieser erwidert haben: Wir müssen seufzen und schweigen! –«

Mittelalterliche Zustände? Keineswegs!

Nur mit knapper Not entging ein junger Pole erst vor wenigen Monaten, am 5. April 1978, einem ähnlich grausigen Schicksal. Passanten wunderten sich gar sehr, als am frühen Morgen ein splitterfasernackter Mann durch die Straßen von Krakau hatzte. Der 32jährige Mann trug trotz klirrender Kälte nur einen winzigen, hellbraunen Pappzettel am rechten Fußgelenk: Es war die Kennkarte des nahegelegenen Pathologischen Instituts...

Wie sich anschließend herausstellte, war der arme Kerl am Abend zuvor für tot erklärt worden, und sollte nun am nächsten Morgen vor Studenten der Ärzteakademie seziert werden. Doch just in dem Moment, als der Professor zum ersten Schnitt ansetzte, kehrte das Leben zurück. In panischer Angst sprang der ‚Lehrleichnam' vom Tisch und suchte, nackt wie Gott ihn geschaffen, das Weite. Der Vorfall blieb ungeklärt. Die seriöse Warschauer Wochenzeitung »Polityka« versichert jedoch ihren Lesern am Ende des Artikels über die entflohene Leiche, daß der Vorfall zu Krakau leider kein Aprilscherz gewesen sei.

*

Die Beispiele des Buches beweisen es: Scheintod ist mitnichten ein Problem vergangener Jahrhunderte. Sie zeigen, daß sich ähnliches sehr wohl auch in der Gegenwart ereignet. Die Furcht vor einem solch grauenvollen Schicksal bewegt Millionen. Sie kann zur Neurose, zur Krankheit werden, die auch einen medizinischen Namen hat: »Taphophobie - die Angst vor dem Lebendigbegraben-Werden«.

»Bitte schneiden Sie meiner Frau die Pulsadern auf«

»Ich bin nur scheintot«. Das stand auf dem kleinen Zettel, den der dänische Märchendichter Hans Christian Andersen jahrelang jeden Abend auf seinen Nachttisch legte. Er hatte heillose Angst davor, einmal lebendig begraben zu werden. Zwei Tage vor seinem Ableben notierte eine nahe Freundin des Schriftstellers in ihrem Tagebuch: »Hans Christian hat mich heute gefragt, ob ich ihm verspräche, seine Pulsader aufzuschneiden, wenn er stürbe. Spaßeshalber habe ich ihm geantwortet, er könne ja vorbeugend wieder seinen Scheintodzettel neben dem Bett deponieren...« Andersen starb am 4. August 1875.

Im März 1978, über einhundert Jahre später, im Rechtsmedizinischen Institut der Universität München: Kurz nach 9 Uhr klingelt das Telefon. »Ich hätte gerne einen Doktor gesprochen, Fräulein«, bittet der Anrufer. Die Zentrale stellt durch zu Dr. Manfred Schuck.

»Schuck, ja bitte?«

»Herr Doktor, ich brauche Ihre Hilfe. Meine Frau wurde gestern abend im Nordfriedhof aufgebahrt. Aber ich finde keine Ruhe, ich habe Angst, daß sie nur scheintot sein könnte. Wären Sie so gut, und würden ihr zur Sicherheit die Pulsadern aufschneiden? Es wäre wirklich eine große Beruhigung für mich«, sagt der Mann am anderen Ende der Leitung.

Eine knappe Stunde später trifft sich Dr. Schuck am Nordfriedhof mit dem Anrufer, einem großen, weißhaarigen Herrn von etwa 70 Jahren. Der Gerichtsmediziner läßt sich von einem Wärter in die Aufbahrungshalle führen.

»Die Frau war zwar wirklich tot, aber ich habe ihr trotzdem, wie gewünscht, die Arterien an den Fußgelenken mit einem Skalpell geöffnet. Wir haben da keine Bedenken, denn die Angst vor dem Scheintod würde so jemanden andernfalls sehr, sehr stark belasten«, erklärt Dr. Schuck.

Der alte Herr steht mit seiner Furcht nicht allein. Bei den Recherchen zu diesem Buch gab eine 32jährige Krankenpflegerin offen zu: »Lebendig begraben zu werden - der Gedanke bringt mich oft um den Schlaf.« Und die Frau zeigte ihr Testament. Sie hat darin festgelegt, daß ihr sofort nach dem Tod die Pulsadern durchtrennt werden sollen. Aber es gibt noch ungewöhnlichere Verfügungen: Da verlangen Leute, daß ihre Leiche zur Sicherheit geköpft wird, andere fordern einen Stich ins Herz. Und der Ostberliner Gerichtsmediziner Professor Otto Prokop vermutet gar in seinem Standardwerk »Forensische Medizin«: »Sicher ist die Kremation (Einäscherung) auch deswegen so beliebt und psychologisch einfühlbar, weil hier dem einfachen Menschen die sichere Gewähr des Todes gegeben scheint. Andere Argumente für die Verbrennung treten demgegenüber beim Laien unseres Erachtens in den Hintergrund...« Eine wahrlich einleuchtende Logik: Wer nicht lebendig beerdigt werden will, der sorgt vorsichtshalber dafür, lebendigen Leibes verbrannt zu werden.

Die Furcht vor dem Scheintod, ist das ganz schlicht eine Urangst aller Menschen? Professor Heinz Dietrich von der Psychiatrischen Universitätsklinik München meint: »Es handelt sich in solchen Fällen meist um eine krankhafte Zwangsneurose, die wir als ‚Taphophobie‘, also ‚Grabesangst‘, bezeichnen. Die ‚Taphophobie‘ ist eine Angstneurose, genau wie die ‚Brücken- oder Platzangst‘.«

»Und wodurch entsteht eine solche ‚Taphophobie‘?«

»Nun, beim Taphophobiker, wie wir diese Leute nennen, ist eine Verschiebung von anderen Urängsten eingetreten, über die der Patient jetzt allerdings nichts mehr weiß, die er längst vergessen hat, die aber in seinem Unterbewußtsein noch vorhanden sind.«

»Was für Urängste sind das denn?«

»Solche Urängste, die dann in Form einer Taphophobie zutage treten, können bei Männern zum Beispiel Potenzängste sein, die Furcht davor, sexuell oder beruflich oder auf beiden Gebieten gleichzeitig zu versagen. Und bei Frauen sind es typisch weibliche Ängste. Zum Beispiel vor den Schmerzen bei der Geburt eines Kindes oder vor dem Geschlechtsverkehr. Möglich sind natürlich auch Ängste, die bereits in der Kindheit ihren Ursprung fanden, beispielsweise die Angst, von der Mutter verlassen zu werden oder davor, daß die Mutter wegstirbt.«

»Kann man von der Zwangsneurose ‚Taphophobie‘ geheilt werden?«

»Ja, natürlich! Es gibt zwei Möglichkeiten: Entweder eine Verhaltenstherapie oder eine Psychoanalyse. Bei ersterem muß sich der Patient in die Situation des Scheintodes hineindenken, und wir versuchen dann zum Beispiel mit autogenem Training die Furcht davor abzubauen. Bei der Analyse dagegen wird die eigentliche Urangst ergründet und anschließend beseitigt.«

Die Geschichte kennt viele berühmte Taphophobiker. Da war zunächst einmal die Frau des französischen Finanzministers Jacques Necker zur Zeit König Ludwigs XVI. Schon ab dem Jahre 1777 litt Madame Susanne Necker unter dem ständigen Wahn, einmal lebendig bestattet zu werden. Und ihre Angst entsprang einem sehr realen Hintergrund: Kurz zuvor hatte ihr Ludwig XVI. die Obhut für ein Spital übertragen, das übrigens noch heute ihren Namen trägt. Dort beobachtete sie zufällig, wie die Wärter in ihrer Eile, das Bett für einen neuen Patienten freizumachen, einen alten Mann begruben, der noch lebte... Und damit war es geschehen. Madame Susanne Necker tat zwar ihr Bestes, solche Praktiken in ihrer Klinik zu unterbinden und verfaßte sogar ein Traktat »Über voreilige Beerdigungen«. Allein, ihre Taphophobie blieb. In mehreren, nacheinander abgefaßten Testamenten beschrieb sie in immer genaueren Einzelheiten, wie man sie vor ihrer Beisetzung einbalsamieren sollte. »Ich flehe Dich an, diese Details nicht zu vernachlässigen«, bittet sie ihren Mann in einer ihrer Verfügungen. »Handle genau, wie ich es Dir sage. Es ist möglich, daß meine Seele um Dich herumwandert.«

Als der Finanzminister 1790 gestürzt wurde und sich in die Schweiz nach Coppet am Genfer See zurückziehen mußte, änderte Madame Necker ihre Anweisungen erneut. Tagelang begab sie sich mit Architekten und Ärzten in Klausur. Und dann war der neue Plan ausgeheckt: Die Gnädigste hatte beschlossen, für sich und ihren Gatten im angrenzenden Park ein Mausoleum errichten zu lassen. Im Inneren sollte ein steinernes Becken eingelassen und nach ihrem Tod mit Alkohol gefüllt werden. In der Einweckflüssigkeit sollte man dann ihren Körper aufbewahren.

Jacques Necker willigte ein, und als seine Frau Susanne vier Jahre später starb, ließ er die Alkoholgruft genau nach ihren Plänen bauen. Der Leichnam blieb bis zur Fertigstellung des Mausoleums drei Monate lang in der Wohnung aufgebahrt liegen, drei Sommermonate lang ...

Als Jacques Necker zehn Jahre später selbst das Zeitliche segnete, kam seine Leiche ebenfalls in das Alkoholbecken. Und am 28. Juli 1817 wurde auch die gemeinsame Tochter Germaine, besser bekannt unter dem Namen Madame de Staël, in dem Mausoleum beigesetzt. Ein Augenzeuge berichtet: »Dann brachen wir die gemauerte Tür auf. In dem mit einer Glasscheibe verschlossenen, schwarzen Marmorbecken, das noch mit Alkohol halb gefüllt war, lagen Necker und seine Frau unter einer großen, roten Decke. Neckers Antlitz war völlig erhalten, der Kopf seiner Frau hatte sich jedoch vom Rumpf gelöst und war herabgeglitten, die Decke verbarg ihn. Wir haben den Sarg Germaines zu Füßen Neckers aufgestellt.« Die Männer mauerten den Eingang anschließend wieder zu. Er ist seither nicht mehr geöffnet worden.

Auch der große Philosoph Arthur Schopenhauer (1788 bis 1860) gehört in die Reihe der berühmten Taphophobiker. Der Mann mit dem übergroßen Schädel und den zerfurchten Gesichtszügen hatte letztwillig verfügt, daß seine Beerdigung frühestens 72 Stunden nach seinem Tod stattfinden dürfe. Und auch eine Sektion seiner Leiche hatte er verboten.

Johann Nepomuk Nestroy (1802 bis 1862), der Wiener Komiker und Bühnendichter, schrieb in seinem Testament ebenfalls: »Das Einzige, was ich beym Tode fürchte, liegt in der Idee der Möglichkeit des Lebendig-begraben-Werdens. Unsere Gepflogenheiten gewähren in dieser höchst wichtigen Sache eine nur sehr mangelhafte Sicherheit. Die Todtenbeschau heißt so viel wie gar nichts, und die medizinische Wissenschaft ist leider noch in einem Stadium, daß die Doctoren, selbst wenn sie einen umgebracht haben, nicht einmal gewiß wissen, ob er todt ist... Mein Leichenbegängnis wünsche ich mit ganzem Conduct (feierliches Geleit), aber durchaus nicht nach Zweymahl Vierundzwanzig Stunden, (welche Frist in der Praxis unverantwortlicher Weise mit der leichtsinnigsten Liederlichkeit oft auch noch um Zwölf oder noch mehrere Stunden verkürzt wird), sondern darf erst mindestens volle Dreymahlvierundzwanzig Stunden nach dem Todesmoment statthaben. Selbst dann noch will ich, nach vollendeter Leichen-Ceremonie, in einer Todtenkammer des Friedhofs, in offenem Sarge, mit der nöthigen Vorkehrung, um bey einem möglichen, wenn auch noch so unwahrscheinlichem Wiedererwachen ein Signal geben zu können, noch mindestens Zwey Tage (vollständig gerechnet) liegen bleiben, und dann erst in die Gruft, aber selbst da noch mit unzugenageltem Sargdeckel, gesenkt werden.«

Die Vorkehrungen waren indes umsonst. Nestroy erwachte nicht mehr.

Einem anderen dagegen, dem russischen Literaten Nikolai Wassiljewitsch Gogol, half auch die Scheintod-Präambel in seinem Testament nichts. Gogol (1809 bis 1852, bekanntestes Werk: »Die toten Seelen«) hatte schriftlich niedergelegt:

»Ich ordne an, meinen Leib nicht eher zu begraben, als bis sich deutliche Zeichen der Auflösung an ihm zeigen. Ich erwähne das, weil mich schon während meiner Krankheit Augenblicke der Erstarrung überkamen, in denen das Herz und der Puls aussetzten . . .«

Und einige Monate zuvor hatte Gogol noch einem Freund geschrieben: »Manchmal ist der Zustand eines Menschen so sonderbar, daß er beginnt, an einen lethargischen Schlaf zu erinnern. Er sieht und hört, daß alle, einschließlich der Ärzte, ihn für einen Toten halten und sich anschicken, ihn lebendig einzugraben. Und trotzdem hat er nicht die Kraft, eine einzige Bewegung zu machen.«

Genau das scheint dem bedauernswerten, von Vorahnungen geplagten Gogol dann an seinem vermeintlichen Todestag, dem 21. Februar 1852, widerfahren zu sein. Als man seinen Leichnam Jahre später exhumierte, um ihn an einem anderen Ort beizusetzen, öffnete man den Sarg. Der Schriftsteller lag umgewandt in seinem Schrein. Es gab nur eine Erklärung: Gogol war im Grab aufgewacht und hatte verzweifelt um sein Leben gekämpft.

Auch Arthur Schnitzler, er verlangte in seinem »letzten Willen« einen Herzstich, und Friedrich Hebbel, dürfen in der Reihe historischer Taphophobiker nicht fehlen. Und noch jemand gehört in diesen Reigen: Friederike Kempner, ihres Zeichens Dichterin und anerkanntes »Genie der unfreiwilligen Komik« (1836 bis 1904). Als engagierte Kämpferin wider den Scheintod reimte sie munterkritisch drauflos und verfaßte Werke wie diese:

> Sorglos aalen sich die Reichen,
> Andern sind die Gelder knapp,
> Und noch ungestorb'ne Leichen
> Senkt zum Orkus man hinab.
> Wißt Ihr nicht, wie weh das thut,
> wenn man wach im Grabe ruht?

Berühmt wurde auch ihr Gedicht »Nocturno«: (Hier verkürzt wiedergegeben)

> Stürmisch ist die Nacht,
> Kind im Grab erwacht,
> Seine schwache Kraft
> Es zusammenrafft.
>
> Streckt die Ärmlein bloß,
> Hämmert schnell drauf los,
> Ruft entsetzt und laut:
> »Hört, ich bin nicht todt!«

»Ach, man hört mich nicht,
Gott, ach nur ein Licht!«
Sieht sich nochmals um!
Finster bleibt's und stumm.

Aus dem warmen Quell
Sprudelt's rasend schnell:
Endlich stirbt das Kind,
Froh die Engel sind!

Doch damit nicht genug. Friederike Kempner hängte gleich noch einige Verse dran, in denen sie ihren Lösungsvorschlag publik zu machen versuchte. Sie forderte in ihren Reimen den Bau von Leichenhäusern, in denen Tote erst einmal längere Zeit aufgebahrt werden sollten:

Es hört ein wack'rer Kriegersmann
Sich dies Geschichtchen einmal an,
Dem Tod konnt' er ins Antlitz sehn,
Doch jetzt im Aug' ihm Tränen stehn.

Ein Leichenhaus, ein Leichenhaus,
Ruft er aus vollem Halse aus,
Wir wollen nicht auf bloßen Schein
Beseitigt und begraben sein!

Für Tänzer gibt es Raum und Zeit –
O, tiefbethörte Menschlichkeit!
Ihr alle seid so schlecht als blind,
Solang' nicht Leichenhäuser sind!

Ihre niemals absichtlich komischen Verse erreichten, was keiner offiziellen Eingabe und keiner persönlichen Fürsprache gelungen wäre: Kaiser Wilhelm I. ordnete unter Berufung auf Friederike Kempner an, sämtliche Regierungsbehörden hätten »schleunigst darüber zu berichten, in welchem Umfange in ihrem Verwaltungsbezirk für die Einrichtung von Leichenhäusern Sorge getragen ist.« Und ein königliches Reskript schrieb sogar ab dem 7. März 1871 eine Wartefrist von fünf Tagen zwischen Tod und Beerdigung vor. Im Nachhinein: Herzlichen Glückwunsch, Friederike Kempner!

Als echte Taphophobikerin war sie mit diesen Vorkehrungen, zumindest für die eigene Person, noch lange nicht zufrieden. Sicherheitshalber ließ sie sich in ihre Familiengruft Klingelleitungen legen, um so notfalls den Friedhofswärter vom Sarg aus alarmieren zu können.

Friederike Kempner war nicht die Erste, die auf solche Weise übermächtiger Grabesfurcht beizukommen suchte. Schon 1851 wurden von dem Münchner »Mechanikus« Mannhard »Rettungsglocken« für Scheintote eingeführt, und 1868 von der Firma Neher sogar zu einem elektrischen Läutwerk ausgebaut. Die Anlage fand erstmals Verwendung im Münchner Friedhof an der Arcisstraße. Das System: Dem Toten schob man auf die beiden Mittelfinger je einen gefederten Messingring, der über einen Seidenfaden mit einem gewichtbeschwerten Hebel verbunden war. Hätte sich ein Scheintoter nun bewegt, so wäre der Hebel augenblicklich aus seiner Ruhelage geschnellt, hätte einen elektrischen Stromkreis geschlossen und damit einen Wecker im Wachraum ablaufen lassen.

Ähnlich sinnige Anlagen waren beispielsweise in Prag noch bis Anfang des 20. Jahrhunderts in Betrieb.
Im Straßburger Krematorium wurden die Klingelknöpfe in den Kühlzellen gar erst vor zehn Jahren entfernt.

Doch wenn es um Schutz vor dem Scheintod ging, kannte taphophobischer Erfindergeist kaum Grenzen. Im Keller des Deutschen Patentamts lagern noch heute in einer Mappe mit der Nummer 61 a 30-01 fein säuberlich gedruckt die zahlreichen Ergebnisse jahrelanger Tüftelei. Ohne Rücksicht auf Entwicklungskosten und Verkaufserfolg wurden Sicherheitssärge in allen Variationen konstruiert. Der mit Abstand eifrigste auf diesem Gebiet war ein gewisser Richard Strauss aus Schweidnitz in Schlesien.
Am 19. März 1881 schützte ihm das Kaiserliche Patentamt seinen ersten »Rettungsapparat für Scheintodtbegrabene« unter der Nummer 16349. Es handelte sich um einen Sarg mit Luftrohr und Glocke. Zehn Monate später bereits präsentierte Strauss so umfassende Verbesserungen daß ihm für diese Neuerungen ein weiteres Patent zuerkannt wurde (Nr. 20459). Er hatte nämlich festgestellt, daß durch das Luftrohr des Prototyps Sand und Erde eindringen und dem armen Scheintoten ins Gesicht rieseln konnten. Das war nunmehr abgestellt. Doch das Problem ließ dem rührigen Schlesier noch immer keine Ruhe.
Knapp zehn Monate nach dem zweiten Patent befaßte er die Ingenieure mit einem dritten (Nr. 25320). Ihm war aufgefallen, daß »das andauernde Läuten bei entfernt liegenden Friedhöfen unbemerkt bleiben könnte«. Der Herr

Hobbytechniker hatte deshalb »ein weiteres hörbares Erkennungszeichen, bestehend in einer kräftig wirkenden Detonationsvorrichtung«, entwickelt.

Es gingen knapp neun Monate ins Land, als Richard Strauss schon wieder beim Münchner Patentamt vorstellig wurde. Er hatte diesmal einen Spezial-Sargdeckel auf Lager, der mit einer komplizierten Filteranlage bestückt war, »zum Zwecke der vollständigen Vernichtung der im Sarge sich entwickelnden schlechten Luft und ununterbrochener Zuführung reiner, durch Eis gekühlter und mit Desinfectionsstoffen geschwängerter frischer Luft in das Innere des Sarges, um im Falle eines Scheintodes den Eingesargten mit Luft zu versehen.« (Nr. 27850)

Theodor Scheld aus Wehlheiden bei Kassel brachte es immerhin auf zwei Patente (Nr. 29357 und Nr. 63153). Sein Prinzip bestand aus einer in den Schreindeckel eingelassenen Glasscheibe, die bei einem Scheintod mit Hilfe eines mechanischen Hammers zertrümmert würde.

Die Herren Böttcher, Günther und Lehnecke aus Berlin dachten dagegen an eine »selbstthätige Vorrichtung zur Oeffnung einer an dem Denkmal befindlichen Luftklappe und dadurch bedingte Inbetriebsetzung einer Alarmvorrichtung, ohne jede mechanische Kraftleistung des zum Bewußtsein wiederkehrenden Scheintodten.« (Nr. 59208)

Auch der Kammerherr seiner Majestät des Kaisers von Rußland, Graf Michael von Karnice-Karnicki aus Warschau, ließ seine Fantasien in dieser Richtung schweifen. Er entwickelte einen lichtdurchlässigen Sargdeckel, der zudem von innen mühelos geöffnet werden konnte. »Die erwachte Person vermag sich also erheben, die Thüren p p vollständig zurückschlagen und den ...Sarg verlassen.« (Nr. 90366)

Die polnischen Gebrüder Franz und Johann Skowroński dagegen fürchteten vor allem klamme Kälte in der Gruft und reichten deshalb 1908 ihre »Grabkammer zur Verhütung des Erfrierens Scheintoter« beim Kaiserlichen Patentamt ein (Nr. 222530). Ihre Erfindung bestand in der Hauptsache aus einem mit Häcksel isolierten und gut geheizten, oberirdischen Mausoleum. Der solchermaßen vor winterlicher Unbill geschützte lebendig Begrabene fand beim Aufwachen ein Fenster vor, »welches er zwecks Ausstieg jederzeit und selbständig leicht öffnen konnte.«

Am 4. Februar 1913 wurde Friedrich Thieles »Leichenkontrollapparat« unter der Nummer 266414 registriert und fortan vor dreister Nachahmung gesetzlich geschützt. Der Leichenkontrollapparat, ein rund zweieinhalb Meter langes, beleuchtetes Spiegelrohr, mit dem sich »die Leiche im Sarg für wissenschaftliche Zwecke oder zur Vermeidung von Scheintod bequem beobachten läßt.«

Was damit in Deutschland ein vorläufiges Ende gefunden hatte, setzte Anfang der sechziger Jahre in den Vereinigten Staaten erneut mit Vehemenz ein. Den Anstoß zu dieser sich rasend verbreitenden Scheintod-Psychose gab ein geheimnisvoller Fall: Die Staatsanwaltschaft in Detroit ordnete damals wegen Giftmord-Verdachtes die Exhumierung des 52jährigen Archibald Maclean an. Als der Sarg geöffnet wurde, stockte den Beamten der Atem: Der Tote lag seltsam verkrampft und mit verzerrtem Gesicht auf der linken Körperseite. Teile seiner Kleidung waren zerrissen. Alles deutete darauf hin, daß man Archibald Maclean scheintot begraben hatte...

Als die amerikanische Presse groß darüber berichtete, ließen sich allein im Staat New York über 3000 Leute gegen einen eventuellen Scheintod versichern. Wie der eingetretene Ernstfall je entdeckt, beziehungsweise vermieden werden sollte, darüber mochte sich freilich nie jemand konkret auslassen. Den Versicherungsnehmern war es wohl Beruhigung genug, daß sie regelmäßig ihre Prämien bezahlen durften. Der hilfreichen Assekuranz konnte das nur recht sein.

Ein großes US-Beerdigungsinstitut entwickelte sofort nach Bekanntwerden des Falls »Maclean« einen modernen Sicherheitssarg mit Sauerstoffgerät. »Garantiert Atemluft für 72 Stunden«, versprach der Prospekt. Und der Schrein-Lieferant versicherte weiter: »In dieser langen Zeit werden Sie ausreichen Gelegenheit haben, die eingebaute Alarmanlage zu betätigen!« Die amerikanischen Ärzte liefen Sturm gegen den makabren Apparat. Allein, die Sauerstoffsärge wurden weiter gebaut und fanden reißenden Absatz.

Dem Multimillionär John Dackeney aus Tucson in Arizona war ein solches, in Serie gefertigtes Produkt jedoch zu simpel. Er ließ sich deshalb auf dem kleinen Friedhof von Tucson seine eigene, etwas luxuriösere Rettungsanlage installieren: Seine Gruft wurde mit elektrisch betriebenen Stahltoren versehen, die sich in den ersten zwölf Wochen nach der Beisetzung nachts automatisch für jeweils drei Stunden öffneten. Als der 74jährige Krösus im Juni 1969 starb, überprüften vier Elektriker noch einmal zur Sicherheit die Anlage, dann stellte man Dackeneys Sarg in die Krypta. Jede Nacht erschienen nun Hunderte von Neugierigen, um zu sehen, ob Dackeney in der Öffnungszeit zwischen ein und vier Uhr morgens vielleicht doch noch einmal auferstehen würde. Sie warteten umsonst...

Die Thaphophobiker-Welle schwappte kurz darauf auch über England hinweg. Findige britische Ingenieure konstruierten den »Signal-Sarg«: Sobald der im Grab erwachte einen Hebelarm bewegt, heult eine Sirene auf und eine leuchtend rote, weithin sichtbare Notfahne entfaltet sich.

In Frankreich schließlich kam dann Angelo Hays, von dem im 1. Kapitel berichtet wird, mit seinem Überlebenssarg.

*

Der königlich-bayerische Appellationsrat Johann Baptist Schmidt zu Passau hielt dereinst nur wenig von technischen Vorkehrungen. Er glaubte vielmehr an die Aufmerksamkeit der Menschen und an die Wirkung eines finanziellen Anreizes. Und so rief er 1871 eine höchst kuriose Stiftung ins Leben, den sogenannten »Leichenwärterfond«. Auch der Herr Rat hatte Angst vor dem Scheintod und legte deshalb eine Summe von 50 Gulden an. Der Betrag soll, so will es das Testament des Johann Baptist Schmidt, demjenigen Totengräber oder Leichenwärter ausbezahlt werden, der die Beerdigung eines noch Lebenden rechtzeitig verhindert.

Mit Zins und Zinseszins sind aus 50 Gulden heute 240 Mark geworden. Der Fond ging 1963 an den St. Johannis-Spital-Stift von Passau über, und steht dort auch weiterhin laut Stadtratsbeschluß für den einst festgelegten Zweck zur Verfügung.

Auch in Preußen, fast einhundert Jahre früher, vertraute man auf Geldprämien. Ein Edikt vom 15. November 1775 versprach 30 Mark für erfolgreiche und 15 Mark für erfolglose Reanimationsbemühungen. Die Gratifikation stand damals sogar Ärzten zu, Vorbedingung war jedoch, so wollte es die Verordnung, »daß wirklich Scheintod vorlag und daß ein Abbruch der Wiederbelebungsversuche erst erfolgte, nachdem energische Anstrengungen zu Wiederbelebung stattgefunden haben.«

Im Jahre 1819 erließ die Königliche Regierung in Münster dann ein absolut sicher, wenn auch unappetitlich klingendes Gesetz. Um künftig zu vermeiden, daß Scheintote beerdigt werden, schrieb das Preußische Landrecht vor:

»Todtengräber und Begräbnisvorsteher sind durch die Bürgermeister dahin zu vereiden, wie sie mit unverbrüchlicher Sorgfalt darauf zu halten haben, daß keiner Leiche vor Ablauf des dritten Tages nach dem Tode und vor Eintritt sämtlicher Kennzeichen des wirklichen Todes, der Sarg früher zugemacht wird.

Diese Kennzeichen sind: wenn der Rücken und die Lenden, und überhaupt die Stellen, wo der Körper aufliegt, bleibend plattgedrückt sind,

der wahre Leichengeruch, welcher indes von dem Holzgeruche des Sarges wohl zu unterscheiden ist, das Zusammenfallen des durchsichtigen vorderen Theils des Auges,

das grünliche oder grünschwärzliche Auflaufen des Unterleibes,

das Abgehen des Oberhäutchens an mehreren Stellen des Körpers, nebst dem matschigen Anfühlen der fleischigen Theile unter der Haut, und endlich

das Ausfließen fauliger Säfte aus allen größeren Öffnungen des Körpers...

Wie gesagt: Das war einmal. Interessant zu überprüfen, wie man's heute mit der Leichenschau hält. Die erste überraschende Feststellung: »Von der Regel, daß nur Mediziner den Tod bescheinigen dürfen, gibt es auch heute noch Ausnahmen.«

Die Filiale vom Doktor

Der zuständige Amtsarzt bei der Gesundheitsbehörde in Husum tat überrascht: »Wie bitte, bei uns auf den Inseln soll es noch Laien-Leichenbeschauer geben, na, hören Sie mal, für wie rückständig halten Sie uns eigentlich? Das ist bei uns wie in allen anderen Bundesländern, das dürfen nur Mediziner machen.«

»Aber in Ihren Gesetzen* gibt es doch eine Ausnahmeregelung für verkehrsmäßig schwer erreichbare Halligen ohne ansässigen Arzt?«

»Das mag schon sein, aber es ist lange her, daß so etwas noch in der Praxis vorkam.«

Der Herr Doktor irrte. Drei weitere Telefonate, dann stand es fest: Auf den beiden Halligen Hooge und Langeneß vor der Schleswig-Holsteinischen Küste amtieren auch heute noch zwei nichtärztliche Leichenbeschauer; oder genauer gesagt: Leichenbeschauerinnen. Es sind die letzten in Deutschland.

Am nächsten Morgen geht das Schiff von der Husumnahen Anlegestelle Schlüttsiel hinüber nach Hooge. Die

---

* Siehe die am Schluß des Buches abgedruckten Vorschriften.

Fähre ist das einzige Transportmittel und somit zuständig für alles und jeden: Bier, Lebensmittel, Motoröl, Ersatzteile, Vieh und - auch Leichen. »Erst im letzten Jahr«, erzählt der Einweiser, »hatten wir 'ne traurige Fracht an Bord: Die Tochter vom Pastor in Hooge. Die ist in Kiel bei einem Autounfall ums Leben gekommen. Tja, die haben wir auch hier mitgenommen. Sie hat als erste den neuen Leichentransport-Anhänger und das Leichenhaus drüben eingeweiht. Beides hatte der Pastor erst wenige Wochen vorher für seine Gemeinde besorgt.«

Eine Stunde später legt das Schiff in Hooge an. Hallig Hooge, mitten im ostfriesischen Wattenmeer gelegen, 550 Hektar groß und beliebtes Touristenziel. Auf den neun Warften leben 180 Einwohner. Die Leichenschauerin Anni Both (50) kennen hier alle, und sie ist die vielleicht wichtigste Person auf dem winzigen Eiland: Den neuen Erdenbürgern hilft sie als staatlich examinierte Hebamme in die Wiege, und den älteren in den Sarg. Und wenns im Leben zwischendurch irgendwo zwickt, drückt oder brennt, weiß Anni Rat: In ihrem gutsortierten Medikamentenschrank im ehelichen Schlafzimmer hält sie von Schmerztabletten bis hin zu Morphium für jeden etwas parat. »Ich bin sozusagen die Filiale vom Doktor«, sagt sie stolz. Der eigentlich zuständige Arzt für Hooge ist Dr. Rolf Jessen von Amrum. Er kommt nur auf ihren Anruf hin und in dringenden Fällen. Wer fährt schon gerne für Nichtigkeiten eine dreiviertel Stunde lang über See?

Im Wohnzimmer-Sekretär liegen die Totenschein-Formulare und daneben die Sondergenehmigung vom Gesundheitsamt in Husum. »Eine spezielle Ausbildung für meine Leichenschautätigkeit brauchte ich nicht. Sie sind der erste, der danach fragt«, gibt Anni Both offen zu.

»Sind Sie sich denn immer ganz sicher bei Ihren Todesdiagnosen?«

»Nein, das bin ich eigentlich nie. Ich rufe deshalb meistens zur Sicherheit noch den Doktor«, sagt die zierliche, nur 155 Zentimeter große Frau.

»Und der Doktor untersucht die Leiche dann nochmal gründlich?«

»Ne, ne, so nun auch wieder nicht. Das ist gar nicht mehr möglich, denn bis der Doktor von Amrum kommt, habe ich den Toten längst gewaschen, gekämmt und angezogen, und im Wohnzimmer aufgebahrt.«

»Und wie kann der Arzt dann den Tod überprüfen?«

»Das ist doch nicht mehr nötig, das habe ich doch schon gemacht. Mir geht es ja nur darum, daß der Doktor nochmal drüberschaut. Und der Doktor guckt auch immer in das Zimmer rein, wo der Tote liegt und schreibt dann den Leichenschein aus. Der vertraut mir da schon und mich beruhigt es einfach, wenn ich weiß, der Doktor hat die Sache nochmal gesehen!«

»Haben Sie jemals an die Möglichkeit gedacht, daß jemand vielleicht nur scheintot ist?«

»Was, scheintot? Ne, das gibts bei uns auf der Hallig nicht. Bis da der Sarg von Breklum mit der Fähre ankommt, und bis dann die Beerdigung ist, da vergehen vier, fünf Tage. In der Zeit würde jeder wieder aufwachen.«

Die Kollegin auf der 160 Einwohner zählenden Hallig Langeneß wurde noch nie von Zweifeln geplagt. Die

55jährige Gemeindeschwester Elisabeth Logemann versichert: »Ich habe mich bis heute nicht geirrt und ich mache die Leichenschau jetzt seit über 13 Jahren.« Die gelernte medizinisch-technische Assistentin mußte für ihre Arbeit auf Langeneß zwar noch ein Schwesternhelferinnen-Examen ablegen, doch für die Totenbeschau selbst verlangte die Behörde in Husum weder eine Zusatzausbildung noch eine spezielle Prüfung. Der Wissensstand einer Schwesternhelferin erschien dem Amtsarzt völlig ausreichend für die Leichenschau-Berechtigung. Entsprechend »praxisnah« sind denn auch die Methoden, die Schwester Elisabeth zur Todesfeststellung heranzieht: »Das ist doch ganz einfach«, sagt sie mit Nachdruck, »ich halte der Leiche die Nase zu und schüttele den Kopf kräftig hin und her. Und wer dann nicht mehr atmet, der ist garantiert tot.«

Leichenschau in der Bundesrepublik Deutschland 1978. Diese beiden Damen, Elisabeth Logemann und Anni Both sind die einzigen Ausnahmen, die der Gesetzgeber noch zuläßt. Sie können nicht allzuviel Schaden anrichten, bei durchschnittlich einem Sterbefall im Jahr auf Hooge und Langeneß. In allen anderen Bundesländern obliegt die Leichenschau den niedergelassenen Ärzten. Als absolute Nachzügler entschlossen sich Bayern und Baden-Württemberg 1971 zu dieser Regelung. Alle niedergelassenen Ärzte, das sind, wie bereits erwähnt, neben den Praktikern auch sämtliche Fachärzte, vom Dermatologen bis zum Orthopäden. Lediglich der Zahnarzt gehört wegen seiner unterschiedlichen Ausbildung und Approbationsordnung nicht in diese Gruppe.

Der im Ansatz durchaus richtige Gedanke bei dieser Regelung: Nunmehr könne auch der behandelnde Arzt des Verstorbenen die Leichenschau durchführen und somit »eine möglichst sichere und genaue Feststellung der Todesursache gewährleisten«, wie es im Bayerischen Gesetzeskommentar heißt. Professor Mallach aus Tübingen sieht hier bereits den ersten Pferdefuß: »Ein pfuschender Doktor, durch dessen Kunstfehler ein Patient zu Tode kommt, kann selbst den Leichenschauschein ausfertigen und wird sich dabei ja bestimmt nicht selbst ans Messer liefern.«

Doch ein anderes Argument gegen das Gesetz wiegt noch schwerer: Der Facharzt, wie der Augen- oder Kinderarzt zum Beispiel, habe einfach zu wenig Erfahrung und Wissen für eine sachgerechte Leichenschau, behaupten Gerichtsmediziner. Diese Aussage zu überprüfen, dazu sollten die in der Folge auszugsweise abgedruckten Telefoninterviews dienen. Aus dem Branchenfernsprechbuch wurden 22 niedergelassene Ärzte in München und Umgebung herausgesucht. Die Auswahl blieb dem reinen Zufall überlassen. Um es gleich vorwegzunehmen: Das Ergebnis ist erschreckend, die Unkenntnis der Doktoren noch größer als erwartet.

Frage eins an den Mediziner lautete: »Glauben Sie, daß es heute noch Fälle von Scheintod gibt?« Der Sinn dabei: Wer solches für ausgeschlossen hält, wird bei einer Leichenschau an die Möglichkeit gar nicht erst denken, wird unter Umständen einen Menschen für tot erklären, der bei sofortiger Einlieferung ins Krankenhaus vielleicht noch gerettet werden könnte.

Frage zwei: »Sind Sie selbst eigentlich auch zur Leichenschau verpflichtet?« Eine hinterhältig gestellte Frage, gewiß. Doch wer nicht weiß, daß er zur Leichenschau herangezogen werden kann, der wird sich kaum umfassend über sichere Todeszeichen und ähnliches informieren.

Frage drei: »Wie stellen Sie den Tod eines Menschen sicher fest?« Eigentlich dürfte die richtige Antwort einem Mediziner nicht schwerfallen, sollte man meinen. Die Aussagen der Ärzte sprechen zwar für sich, doch leider nicht für das Wissen der Befragten.

Hier jetzt die Antworten. Zunächst der Münchner Frauenarzt Dr. G.

»Nein, also meiner Ansicht nach ist Scheintod heute praktisch ausgeschlossen. Es gibt ja eine Untersuchung, eine Totenschau vorher.«

Zu seiner persönlichen Leichenschau-Verpflichtung meinte der Gynäkologe: »Damit habe ich nichts mehr zu tun, ich bin ja schließlich Frauenarzt. Es ist hier in Bayern ja so geregelt, daß spezielle amtlich angestellte Leichenschauer da sind, die das machen.«

Das war einmal, Herr Doktor. Und lang, lang ist's her!

Zu den Todeszeichen mochte sich der Fachmediziner plötzlich nicht mehr äußern:

»Wie ich den Tod feststellen würde? Ach Gott, das ist jetzt aber ein bißchen sehr weit ausgeholt. Das kann ich Ihnen jetzt so nicht auf Anhieb sagen. Ich habe hier Patienten sitzen, ich bin mitten in der Sprechstunde, also wirklich nicht...«

Sein Fachkollege E. war zu Anfang auch noch ganz zugänglich.

»Scheintod? Nein, nein, das gibts nicht mehr, man kann ja heute jederzeit ein EEG machen.« Und dann wollte er wissen: »Was sollen denn die Fragen: Ich und Leichenschau, ich bin doch Gynäkologe!?«

Als es um die Todeszeichen ging, wurde Dr. E. recht unwirsch: »Nein, das sage ich Ihnen nicht, ich habe jetzt zu tun«, und legte auf.

Einen ersten Hoffnungsschimmer ließ die Hals-Nasen-Ohren-Ärztin Dr. A. aufkommen: »Ja, Scheintod, das kann schon vorkommen.«

Doch der gute Eindruck war gleich wieder dahin:

»Nein, nein, also mit Leichenschau, damit befassen wir HNO-Ärzte uns nicht. Wir sind doch keine Leichenbeschauer.«

»Aber ist denn nicht jeder niedergelassene Arzt dazu verpflichtet, Frau Doktor?«

»Nein, nein, dazu gehören wir nicht.« Die Dame irrte, sie gehört sehr wohl dazu. Bei der Frage nach den Todeszeichen riet die Ärztin kurzerhand: »Also bitte, wenden Sie sich damit an die amtlichen Leichenbeschauer, das geht uns nichts an.«

HNO-Spezialist Dr. J. war der erste, der über seine Art der Todesfeststellung Auskunft gab: »Na ja, zunächst mal schaut man, ob das Herz noch schlägt und ob die Atmung noch da ist, nicht? Und dann merkt man ja...«

»Sind das denn sichere Todeszeichen?«

»Ja, natürlich!« Eine Todesdiagnose, die sich nur hierauf stützt, gilt nach den Gutachten der Gerichtsmediziner als »grober Verstoß wider die Regeln der ärztlichen Kunst...«

Frau Dr. N., ebenfalls Fachärztin für Hals-Nasen-Ohren bewies grenzenloses Vertrauen zu ihren Kollegen: »Nein, Scheintod, das gibt es nicht mehr. Es ist ja heute immer ein Arzt bei der Leichenschau mit dabei und der kann das ja feststellen, ob derjenige tot ist oder nicht.«

Bei Leichenschauen, die sie, nach eigenen Angaben, des öfteren durchführt, geht sie dann so vor: »Man hört zunächst das Herz ab und überprüft Puls, die Augenlid... äh, den Lichtreflex, tja, und was kommt da noch in Frage? Ach ja, der Blutdruck ist dann nicht mehr da.«

»Kann man nach der Untersuchung mit Sicherheit sagen, daß der Betreffende wirklich tot ist?«

»Aber ja!«

Leider nein, Frau Doktor. Die einzig sicheren Todeszeichen sind Leichenstarre, Leichenflecke und einsetzende Verwesung. Fahrlässig und verantwortungslos handelt, wer nicht mindestens eines dieser Kriterien abwartet!

Und nun Hautarzt Dr. H.: »Scheintod? Also na, des kann ich mir kaum vorstellen. Also zumindestens wesentlich seltener, als man es in der Presse manchmal liest. Manchmal wird da ja ein Mordstheater gemacht, daß das weiß Gott wie häufig vorkommen würde, aber ich kann mir das eigentlich überhaupt fast nicht vorstellen.«

»Sind Sie als Dermatologe auch zur Leichenschau verpflichtet?«

»Nein, nein. Ich meine, ich kann auf besonderen Antrag hin zur Leichenschau verpflichtet werden, aber normalerweise nicht. Also daß mich jemand so ohne weiteres anruft, das geht nicht.«

Es geht natürlich laut Gesetz, Herr Dr. H.!

Bei der Frage nach den Todeszeichen ist der Dermatologe ganz ehrlich: »Kann ich Ihnen nicht sagen, ne, das kann ich Ihnen nicht sagen. Ich weiß da nicht, was da am wichtigsten ist, weil ich mich damit überhaupt nicht befasse!«

»Kennen Sie denn die Leichenschaugesetze von 1971?«
Dr. H.: »Nein, nein das hat mich noch nie interessiert.«
Dr. G., Urologe: »Zum Scheintod dürfen Sie doch mich nicht befragen. Woher soll ich denn wissen, ob es so etwas noch gibt, ich bin Urologe. Natürlich gibt es Situationen, wo eine oberflächliche Atmung vorliegt, aber das kann man heute mit anderen Mitteln einfach feststellen, ob das Herz noch schlägt oder nicht. Aber meine Informationen stammen auch nur aus der Boulevard-Presse.« Schade, daß die Fach-Veröffentlichungen zu diesem Thema nie bis zu ihm durchgedrungen sind. Kein Wunder, daß Herr Dr. G. dann auch zur Frage nach der Leichenschau-Verpflichtung fälschlich meint: »Nein, ich bin nicht verpflichtet, ich bin nur berechtigt dazu. Ich kann, aber ich muß nicht.«

Bei den Todeszeichen nennt der Urologe nur den »Pupillenreflex« und verweist dann weiter: »Ich sage Ihnen, Sie dürfen mich nicht nach so etwas fragen, Sie müssen sich da an die kompetenten Leute wenden, an die Gerichtsmediziner und die Intensivstationen, die Anästhesisten.«

Ob er denn die Leichenschaugesetze kennt?
Dr. G.: »Da muß ich Sie bitten, die Ärztekammer zu fragen.« Und dann droht er gar: »Hier läuft ein Tonband mit. Ich mache Sie darauf aufmerksam, wenn Sie das alles irgendwie verwenden, wird das gerichtlich gegen Sie verwendet.«

Der Orthopäde Dr. S. geht die gestellten Fragen mit wissenschaftlicher Akribie an: »Ob es Scheintod gibt oder nicht, das kann man nicht mit einem Satz beantworten. Das kommt darauf an, wo das ist, und es hängt von den Gewohnheiten der einzelnen Völker ab, nicht? Wir wollen das mal differenzierter betrachten. Sie können die Frage stellen: Glauben Sie, daß es das in Europa noch gibt, glauben Sie, daß es das hier noch gibt?«

»Ganz konkret, Herr Doktor: »Glauben Sie, daß es das in der Bundesrepublik noch gibt?«

»Tja, schwer zu sagen. Glauben Sie... ich finde das auch nicht richtig, daß Sie die Frage so stellen: Glauben Sie, daß es das noch gibt?«

»Wie würden Sie die Frage formulieren?«

»Ich würde fragen: Halten Sie es für möglich, daß es das noch gibt?«

»Also gut, Herr Doktor. Halten Sie es für möglich?«

»Theoretisch ja, aber in der Praxis: Nein!«

»Sind Sie eigentlich als Orthopäde auch zur Leichenschau verpflichtet?«

»Nein. In letzter Zeit sind da einige Änderungen gemacht worden, so daß das nur noch für bestimmte Leute gilt, für Spezial-Leichenschauärzte. Wir Orthopäden haben da jetzt nichts mehr mit zu tun.«

Wie er den Tod feststellt?

»Entschuldigen Sie, aber ich bin jetzt mitten in der Praxis, vor mir steht ein Patient. Sie wissen die üblichen Kriterien doch selbst. Ich möchte das nicht noch... Ich mach auch kein Examen vor Ihnen!«

»Danke, Herr Doktor, das genügt!«

Erfreulich gut informiert war dagegen der Münchner Facharzt für Innere Krankheiten, Dr. H. Allerdings meinte auch er: »Nein, ich glaube nicht, daß es heute noch das Problem des Scheintods gibt. Aber ich kann dazu leider nicht vielmehr sagen, als dieses Glaubensbekenntnis.« - Schade.

Zu seiner Leichenschauverpflichtung sagt er: »Ja, natürlich bin ich dazu verpflichtet, wie jeder andere niedergelassene Arzt auch.«

Wie er es mit den Todeszeichen hält?

»Also, die ganz üblichen. Wenn man hinkommt, und derjenige stirbt gerade, dann prüft man Puls, Herz, Atmung und Pupillenreflex. Ja, und dann muß man nach etwa drei, vier Stunden nochmal vorbeifahren und schaut dann nach den Leichenflecken und nach der Leichenstarre.«

»Sie stellen den Totenschein also nicht sofort aus?«

»Nein, nein, auf keinen Fall!«

Eine nahezu mustergültige Antwort, wie sie bei den 22 Interviews leider nur zweimal vorkam. Der andere Kenner der Materie war ein Landarzt, der Leichenschauen ständig durchführt.

Die Auswertung der Umfrage ergab folgendes, vielleicht nicht repräsentatives, aber doch bezeichnendes Bild: Von 22 niedergelassenen Ärzten halten 19 einen Scheintod für ausgeschlossen, und nur drei für möglich. Daß sie nach dem Gesetz zur Leichenschau verpflichtet sind, darüber wußten lediglich neun von 22 befragten Medizinern Bescheid. Die restlichen 13 wiesen solches weit von sich.

Die einzig sicheren Todeszeichen (Leichenstarre, Leichenflecke und einsetzende Verwesung) wurden von vier der 22 Ärzte genannt. Die anderen lehnten eine Auskunft entweder ab oder waren nicht genügend informiert.

»Diese Unwissenheit unter vielen niedergelassenen Ärzten kennen wir. Das ist tatsächlich ein großes Problem bei der gegenwärtigen Leichenschau-Regelung«, heißt es dazu im Institut für Rechtsmedizin der Universität München. Auch Dr. Kurt Stordeur, geschäftsführender Arzt der Bayerischen Landesärztekammer, sagt:
»Was Sie hier erhoben haben, das wird ja sicher richtig sein, daran zweifele ich nicht. Wir wissen, daß die Leichenschau ein Thema ist, das wir unseren Ärzten nahebringen müssen!«
Die Standesvertretung und die Fachpresse haben ihr Möglichstes getan. So veröffentlichten beispielsweise die »Münchner Ärztlichen Anzeigen«, wegen ihres rosafarbenen Papiers kurz das »Rote Blatt« genannt, allein 1971 zu diesem Thema elf größere Artikel, und machten eindringlich auf die Gesetzesänderung aufmerksam. Auch in den Folgejahren wurde immer wieder über die Problematik der Leichenschau informiert. Obgleich jeder bayerische Arzt das »Rote Blatt« frei Haus bekommt, blieben die Berichte ohne jede Wirkung. Die meisten haben sie einfach nicht gelesen, wie es scheint.

Privatdozent Wolfgang Eisenmenger von der Münchner Gerichtsmedizin vermutet: »Viele Ärzte überblättern solche Artikel, sobald sie in der Überschrift etwas von Leichenschau sehen. Der Grund ist einfach: Früher, vor der Gesetzesänderung, wurden spezielle Leichenschauärzte dafür eingesetzt, der niedergelassene Facharzt hatte daher nichts damit zu tun. Einige Mediziner glauben jetzt halt noch immer, das Ganze ginge sie nichts an, und informieren sich deshalb auch nicht darüber!«

Mit einem Wort: Ein Teufelskreis. Wer von nichts weiß, liest darüber nichts, und wer nichts darüber liest, weiß von nichts. Dr. Stordeur zu alledem: »Wir werden das Thema ‚Leichenschau' zu einem Schwerpunktthema der ärztlichen Fortbildung erklären und den Kreisverbänden empfehlen, diese Thematik in ihre Informationsveranstaltungen aufzunehmen. Außerdem werden wir weiterhin qualifizierte Berichte über die Leichenschau veröffentlichen. Aber mehr können wir dann nicht mehr machen, als es unseren Ärzten mündlich und schriftlich anzubieten.«

Das Interesse an solchen Leichenschau-Vorträgen bleibt abzuwarten, die Wirkung der geplanten Publikationen ist leider schon jetzt vorherzusehen: siehe oben...

Gerichtsmediziner wie die Professoren Hans-Joachim Mallach, Georg Schmidt (Heidelberg) und Heinz Spengler (Berlin) sehen nur eine Lösung des Problems: Eine Gesetzesänderung. »Wir brauchen wieder den Leichenschau-Arzt, der für seine Arbeit das nötige Fachwissen und die Erfahrung mitbringt. Wir haben schon damals vor der Verpflichtung niedergelassener Ärzte gewarnt, aber unsere Appelle sind bis heute echolos verhallt«, sagt Mallach. Und das, obwohl er inzwischen konkrete Fälle zitierte, Fälle wie diese:

Im September 1977 schluckt eine 55jährige eine Überdosis Schlafmittel. Als nachts um 22 Uhr der Arzt eintrifft, erklärt er die Frau kurzerhand für tot: »Kein Puls, keine Atmung, kein Pupillenreflex.« Rund anderthalb Stunden später bemerken Kriminalbeamte beim Fotografieren der Fundsituation, daß die ‚Tote' noch atmet. Als endlich um Mitternacht der Notarzt ein zweites Mal anrückt, kommt für diese Frau jede Hilfe zu spät. Vielleicht könnte sie noch leben, wenn der Doktor bei der Leichenschau gewissenhafter gewesen wäre. Aber er hielt, wie viele seiner Kollegen, einen Scheintod eben auch für unmöglich...

Im Mai 1977 nimmt eine lebensmüde 79jährige Witwe Schlaftabletten. Um 19.40 Uhr stellt ein Arzt den Totenschein aus. Die Selbstmörderin wird in die Leichenhalle überführt. Zwei Stunden später fällt dort einem Friedhofswärter auf, daß die alte Frau noch nach Luft schnappt. Auf der Intensivstation des Krankenhauses stirbt die Witwe um 23.40 Uhr dann zum zweitenmal.

Beides ereignete sich in Baden-Württemberg, doch auch in anderen Bundesländern langten niedergelassene Doktoren ähnlich böse zu. In Nordrhein-Westfalen sind die Fachärzte bereits seit 1965 in Sachen Leichenschau unterwegs.
Im Oktober 1967 wurde die erste Fehldiagnose bekannt: Die 70jährige Wanda O. aus Witten bei Dortmund war in aller Frühe sanft entschlafen. »Wegen Herzschwäche«, wie es auf dem Totenschein hieß. Die Familie reichte das Leichenschau-Formular wenig später vor-

schriftsmäßig beim Wittener Standesamt ein. Als die Angehörigen nach Hause kamen, rannte ihnen der damals 5jährige Wolfgang aufgeregt entgegen: »Mutti, Mutti, die Omi lebt, sie hat sich gerade bewegt!« Das Kind hatte sich nicht getäuscht. Wanda O. kam sofort ins nächste Krankenhaus. Die Ärzte dort befanden acht Stunden nach ihrem beurkundeten Tod: »Die Frau wird überleben!«

Der Totenschein war von der Praktikerin Dr. M. ausgestellt worden, die an diesem Tag den Hausarzt vertrat. Das Standesamt in Witten bestätigte: »Es stimmt, wir hatten Frau O. bereits als tot eingetragen.« Ein Urteil des Amtsgerichts mußte das Register anschließend wieder korrigieren.

Im Oktober 1970 geriet das Gesetz der 60jährigen Apothekerin Friederika A. aus Düsseldorf zum Verhängnis. Sie wurde morgens gegen 10 Uhr in ihrer Wohnung von einer Freundin gefunden. In der Hand einen Abschiedsbrief, daneben, auf dem Boden, lag ein Becher mit weißlichen Rückständen und ein leeres Tablettenröhrchen. Der hinzugezogene Arzt sah sich die Frau nur kurz an, von einer Untersuchung ganz zu schweigen. Kein Wunder, der Herr Doktor war ja auch in Zeitnot, wie er selbst sagte. Aus diesem Grund bat er auch darum, der Polizei auszurichten, die Beamten könnten sich später bei ihm den Leichenschein abholen, da er im Augenblick keine Formulare bei sich habe.

Als schließlich die Kripo eintraf, stellten die Männer bei der angeblichen Leiche deutliche Lebenszeichen fest: Der Brustkorb hob und senkte sich. Die totgesagte Pharmazeutin wurde sofort in die Universitätsklinik eingeliefert, die Ärzte dort sahen gute Überlebenschancen. Doch die Behandlung hatte zu spät eingesetzt. Friederika A. verstarb am darauffolgenden Nachmittag endgültig. Sie wäre wahrscheinlich zu retten gewesen, wenn der leichenschauende Doktor über Scheintod-Möglichkeiten bei Tablettenvergiftungen genau Bescheid gewußt hätte . . .

In Rheinland-Pfalz trat die neue Totenschau-Ordnung am 1. Januar 1975 in Kraft. Knapp zwölf Wochen später, am 25. März, passierte es dann in Ludwigshafen: Dr. Mohammed Ali Maursi war bei der 41jährigen Hausfrau Gerda Mehlig mit der Diagnose schnell zur Hand. Sein alle Zweifel ausschließender Kommentar gegenüber dem Schwiegersohn der Frau, die sich allem Anschein nach vergiftet hatte: »Da ist nix zu machen.« In der Küche stellte er um 12.30 Uhr den Totenschein aus. Anderthalb Stunden später jedoch bat der Mediziner Kriminalkommissar Alois Ochs inständig, das Dokument wieder zurückzugeben: Gerda Mehlig nämlich lebte noch und lag inzwischen auf der Intensivstation der Städtischen Krankenanstalten Ludwigshafen. Dort starb die Frau allerdings sechs Tage später an Lungenentzündung.

In Hessen gilt die fatale Regelung seit dem 1. April 1965. Genau sieben Jahre später, am 1. April 1972, machte der Fall des Gastwirts Wilhelm Lange aus Eschwege Schlagzeilen. Der damalige Pächter des »Reichsadler« wurde morgens auf einem Parkplatz am Hohen Meißner im nordhessischen Bergland leblos aufgefunden. Neben dem

Mann lag ein leeres Tablettenröhrchen. Damit war für den Arzt Dr. Richard T. die Sache klar: »Selbstmord durch Schlafmittelvergiftung« schrieb er auf den Leichenschein. Als der ‚Tote' eine Stunde danach in den Zinksarg des Beerdigungsinstituts gebettet werden sollte, entdeckten die Leichenträger, daß der 58jährige Wirt noch lebte.

Er verschied drei Tage nach seinem offiziell festgestellten Ende im Krankenhaus von Eschwege. Hätte man ihn rechtzeitig behandelt, wäre er vielleicht zu retten gewesen.

Im niedersächsischen Hannover, wo die Gesetzesänderung bereits 1963 erlassen wurde, ereignete sich der vorläufig jüngste Fall von Scheintod. Es war am Sonntag, dem 5. November 1978, kurz nach zwölf Uhr mittags. Ganz unvermittelt bekam die im siebenten Monate schwangere 22jährige Jutta Schmidt heftige Schmerzen im Unterleib. Stöhnend lief die junge Frau ins Badezimmer. Fünf Minuten später hörte ihr Verlobter, der 28jährige Buchdrucker Wolfgang Matthiesen laute, qualvolle Schreie. Als er besorgt die Tür zum Bad aufriß, sah er seine Braut mit verzerrtem Gesicht auf der Toilette sitzen. Bei der Schwangeren hatten die Wehen eingesetzt und das Baby bereits ausgetrieben. Der Säugling war mit dem Kopf voran in die Abflußröhre gestürzt, und dort unter Wasser stecken geblieben. Wolfgang Matthiesen benachrichtigte sofort die Notarztstelle. Die Einsatzzentrale schickte die 55jährige Fachärztin für Frauenheilkunde, Dr. Margarete G. aus Hannover-Bemerode. Um 12.20 Uhr traf die Gynäkologin in der Dreizimmerwohnung des Paares Schmidt-Matthiesen ein. Dr. Margarete G. berichtet:

»Als ich in das Badezimmer kam, saß Frau Schmidt noch immer auf der Toilettenschüssel. Ich habe die Mutter sofort ins Bett gebracht. Das Baby, ein Mädchen, steckte mit dem Kopf voran, bis zu den Knien, in der Abflußröhre. Es war ganz unter Wasser. Ich habe das Kind an den Beinen gefaßt, konnte es aber nur mit Mühe herausziehen.«

»Wie haben Sie das Neugeborene untersucht?«

»Ich habe alles getan, was nötig war: Den Puls gefühlt und nach Herztönen gehört. Das Baby war ganz kalt, vollkommen schlaff und leblos. Es zeigte keine Herzaktion mehr. Nach alle dem war das Kind für mich tot. Mehr konnte ich wirklich nicht mehr tun.«

Dr. Margarete G. warf deshalb die 1450 Gramm schwere und 41 Zentimeter große Leiche des Säuglings kurzerhand, zusammen mit der Nabelschnur und Nachgeburt, in einen grünen Plastikeimer, der in der Nähe stand. Dann rief die Gynäkologin einen Krankenwagen für die angeschlagene Mutter Jutta Schmidt. Der Kübel blieb derweil im Badezimmer auf der Waschmaschine stehen. »Geben Sie bitte die Totgeburt nachher dem Sanka mit«, wies Frau Dr. G. den Vater des Kindes, Wolfgang Matthiesen und dessen Schwester Elvira Grimm (38) an. Dann packte sie ihre Tasche und machte sich eilig auf den Weg zu einer anderen Patientin.

Elvira Grimm stellte anschließend den Eimer mit dem toten Baby für die Rettungsmannschaft im Flur bereit. Zehn Minuten später drang aus der Diele schwaches, weinerliches Wimmern. Wolfgang Matthiesen und seine Schwester wollten ihren Ohren nicht mehr trauen. Als die beiden nachsahen, bemerkten sie, wie sich das Neugeborene bewegte, mit seinen kleinen Ärmchen zuckte. In der Kinderklinik der Medizinischen Hochschule Hannover konnte das Baby, mit den strahlend blauen Augen und dem schwarzen Lockenkopf, gerettet werden.

Die Liste solcher Fehldiagnosen ließe sich noch lange fortsetzen.

Ein Berliner Allgemeinmediziner versichert: »Ich habe mit Kollegen gesprochen, solche Irrtümer bei der Todesfeststellung kommen noch viel häufiger vor als man glaubt. Nur wird es meist erfolgreich vertuscht.«

In allen geschilderten Fällen erwuchsen den voreiligen Doktoren keinerlei juristische Schwierigkeiten. Die Verfahren wurden entweder von der Staatsanwaltschaft eingestellt oder endeten mit einem Freispruch. Begründung: Unterlassene Hilfeleistung könne den Ärzten nicht nachgewiesen werden, da sie ja jeweils von dem festgestellten Tod überzeugt gewesen seien...

Neben unzureichendem Fachwissen kritisieren die Rechtsmediziner Mallach, Schmidt und Spengler auch die mangelhafte Sorgfalt, mit welcher niedergelassene Ärzte an die Leiche gehen. Da werden Tote nur flüchtig besichtigt, in den seltensten Fällen ausgekleidet, sichere Todeszeichen fast nie abgewartet.

Das Baden-Württembergische Gesetz beispielsweise schreibt lediglich vor: »Das Ausmaß der Untersuchung der Leiche richtet sich nach den Umständen des Einzelfalls«. »Das ist ein sehr großer, ein zu großer Ermessensspielraum«, wie Hans-Joachim Mallach meint.

Als beispielhaft stellt der Tübinger Professor die Regelungen in der DDR heraus: »In der DDR-Leichenschau-Anordnung aus dem Jahre 1968 heißt es im Paragraphen 4 ganz eindeutig: ‚Der die Leichenschau vornehmende Arzt hat die Leiche genau zu besichtigen und zu untersuchen.'«

Genau untersuchen, das bedeutet: Der Leichnam muß wenigstens ausgezogen und einmal umgedreht werden. Doch die derzeitige Praxis in der Bundesrepublik sieht etwas anders aus:

Der Allgemeinmediziner Dr. E. aus München erzählt: »Ich wurde nach weit auswärts in ein von katholischen Ordensschwestern geführtes Altersheim gerufen. Dort ist normalerweise ein Arzt, der das ganze Heim versorgt. Ich hatte als einziger einen Patienten dort drin, der nur von mir versorgt werden wollte. Und dann ist folgendes passiert, eine ganz üble Sache: Mein Patient ist gestorben und die Oberin ruft mich früh morgens an und fragt, ob ich denn käme. Ich sage: ‚Ja, selbstverständlich.' Ich fahre dann auch gleich hin und als ich ankomme, führt sie mich in ihr Büro hinein, gibt mir da Leichenschein-Formulare, die sie offenbar schon da hatte. Dann sagte sie mir die ganzen Daten und alles, und sagte dann so nebenbei, ganz nebenbei: ‚Wollen Sie ihn denn noch sehen?' – also so mit dem Ton ‚Na ja, das ist ja wohl überflüssig'. Ich sagte: ‚Ja, selbstverständlich'. Nun, dann führt sie mich in die Leichenhalle, in diesen Leichenschuppen des Altersheims, und da liegt er schon eingesargt da, gestriegelt und geschniegelt im Frack, wie man die Leichen so zurichtet. Bloß der Deckel war noch nicht drauf. Der sonst zuständige Kollege hat dieser resoluten Schwester immer nachgegeben und sämtliche Leichenschauscheine ausgestellt, ohne die Toten vorher anzusehen.«

Derlei Praktiken scheinen jedoch keineswegs die Ausnahme zu sein. Der Würzburger Gerichtsmediziner Dr. Dierk Metter bestätigt: »Sehr viele Ärzte unterschreiben den Totenschein, ohne die Leiche vorher inspiziert, geschweige denn untersucht zu haben. Manch einer ist kaum über die Schwelle des Sterbezimmers zu bringen.«

*

Kein Wunder, wenn bei solcher Nachlässigkeit Scheintote begraben werden. Die Kriminalpolizei fürchtet die voreilige Unterschrift mancher Doktoren allerdings noch aus einem ganz anderen Grund ...

Die Ärztin übersah die Messerstiche

Friedhofserde verdeckt nicht selten ein Verbrechen, eine Bluttat. Der Düsseldorfer Kripochef Armin Mätzler hält es für durchaus realistisch, daß auf ein bekannt gewordenes Tötungsdelikt drei andere kommen, die niemals geahndet werden, weil der Leichenschein sie fälschlicherweise als Unfall oder Selbstmord klassifizierte. Spekulation? Mitnichten!

Als in Hannover eine 74jährige Rentnerin tot in ihrer Wohnung lag, rief die Polizei die Hausärztin. Die Frau Doktor kam, sah jedoch - so später vor Gericht - »keinen Grund«, etwas anderes als Herzversagen anzunehmen. Das schrieb sie denn auch auf den Totenschein.
Als Angestellte eines Beerdigungsinstituts beim Einsargen blutige Hände bekamen, entdeckten sie im Rücken der alten Frau vierzehn Einstiche und in der Brust noch einmal sechs. Der Täter, ein Raubmörder, gab nach seiner Festnahme zu Protokoll: »Ich habe mit meinem Fahrtenmesser wie ein Verrückter auf sie eingestochen!«

In Dortmund bescheinigte ein Doktor als Todesursache »Blutsturz«. Als die Bestatter den Leichnam anhoben, fiel aus dem Rücken eine Kugel vom Kaliber 7,65 klingend auf den Boden des Metallsargs.

Auch in München wurde am 27. August 1977 erst in letzter Minute ein ‚fast perfekter Mord' aufgedeckt. Die 74jährige Rentnerin Therese F. war nach Ansicht des leichenschauenden Arztes an Herzversagen verschieden. Ein natürlicher Tod also. Die Leiche wurde umgehend zur Aufbahrung in den Ostfriedhof überführt. Am Tag vor der Beisetzung erschien plötzlich Polizei und beschlagnahmte die Tote. Die sofortige Obduktion im Münchner Institut für Rechtsmedizin ergab: Die Frau war erwürgt worden - von ihrem eigenen Sohn, dem 36jährigen Brauereiarbeiter Gottfried F. Er hatte seine Mutter nach einem nächtlichen Streit umgebracht. Die Kripo war gerade noch rechtzeitig von einer Nachbarin verständigt worden. Was in diesem Fall besonders schwer wiegt: Der Mediziner, dem dieser verheerende Fehler unterlief, hat sich bei der Polizei vor einigen Jahren freiwillig zur Leichenschau gemeldet, und wird seitdem besonders oft dazu herangezogen . . .

In Hamburg ereignete sich ähnliches: Die Leiche der 92jährigen Frieda Hincke wurde kurz vor der Einäscherung im Krematorium Ojendorf zurückgerufen. Ofenwärter Matthies, der an diesem Tag, dem 19. Februar 1977, Dienst hatte, erinnert sich: »Es war kurz nach 14.30 Uhr, als das Telefon klingelte. Von der Direktion erhielt ich die Anweisung, den Sarg zurückzuhalten. Zehn Minuten später, dann wäre die Frau im Ofen gewesen!«

Auch Frieda Hincke war laut Totenschein an »Herzversagen« gestorben, in Wirklichkeit aber von ihrem Neffen Dieter Betz erdrosselt worden.

Bei der Stuttgarter Kriminalpolizei erzählt man sich gar noch abenteuerlichere Vorkommnisse: Ein Mann wurde blutüberströmt in seiner Wohnung aufgefunden. Der Doktor erkannte auf »Blutsturz nach Lungenkrankheit« und vermerkte eine »natürliche Todesursache« im Leichenschauschein. Als der Tote eingesargt werden sollte, kippte ihm der Kopf nach hinten weg: Ihm war die Kehle durchgeschnitten worden . . .

In einem anderen Fall lag der Tote friedlich in seinem Bett, wie es schien. Einzig auf seiner linken Schläfe klebte ein Heftpflaster. Als der Kriminalbeamte den Verband wegriß, kam ein Einschußloch darunter zum Vorschein. Hier hatte der Hausarzt sogar ein Verbrechen vertuschen wollen.

Die Stuttgarter Kripo hat mit unkorrekt leichenschauenden Medizinern reichlich Erfahrung. In ihrem Zuständigkeitsbereich ereignete sich auch der vorläufig letzte in Baden-Württemberg bekanntgewordene Fall von Scheintod. Das ist die Vorgeschichte:
Als die Sekretärin Irene Daunus* zum ersten Mal in den Freitod gehen wollte, wählte sie eine spektakuläre Art des Selbstmords: Eine Viertelstunde lang wanderte sie im

---
* Name geändert.

Stuttgarter Hauptbahnhof auf und ab. Kurz nach 14 Uhr fuhr der erwartete D-Zug in die Halle ein. Irene Daunus schrie laut auf und sprang mit erhobenen Händen vor die Lokomotive. Indes: Sie fiel so glücklich, daß sie direkt zwischen den Schienen landete. Mit leichten Hautabschürfungen wurde die Lebensmüde ins Krankenhaus transportiert. Wie ein Psychiater später vermutete, wollte sie vor allem Aufmerksamkeit erregen.

Auch beim zweiten Mal bewies Irene ihr Talent für suicidale Schaueffekte. Bevor ihre Freundin in die Wohnung trat, schnitt sie sich die Pulsadern auf, um rechtzeitig, aber über und über blutbesudelt gefunden zu werden.

Anlaß für ihre Selbstmord-Versuche war jedesmal Liebeskummer. Und Irene Daunus hat bei ihren zwischenmenschlichen Beziehungen besondere Schwierigkeiten. Die etwas bläßliche, unscheinbare Person mit den gescheitelten, brünetten Haaren ist lesbisch veranlagt. Nur ein einziges Mal in ihrem bisherigen Leben war sie mit einem Mann zusammen, und es wurde eine bittere Enttäuschung für sie. Seitdem liebt und lebt die heute 36jährige mit Frauen. Was sie stets suchte, aber selten fand, waren Zuneigung, Geborgenheit, Wärme. Doch für ihre Freundinnen bedeutete sie meist nicht mehr als ein Abenteuer am Rande. Kein leichtes Los für ein so hochsensibles Wesen, wie Irene Daunus es sein dürfte.

Ihre letzte große Liebe war eine gertenschlanke, blonde Verwaltungsangestellte aus München. Irene Daunus war einige Wochen lang glücklich, doch dann endete die Verbindung jäh. Die Münchnerin hatte ihre Freundin mit einem Mann betrogen.

Für Irene Daunus brach erneut eine Welt zusammen. Innerhalb von vier Tagen besorgte sie sich aus verschiedenen Apotheken eine riesige Menge Schlaf- und Schmerztabletten, für alle Fälle. Am Abend des 18. Mai wollten sich die beiden Frauen noch einmal gründlich aussprechen. Irene flehte die Freundin an, sie nicht zu verlassen. Doch das Mädchen lachte nur.

Gegen 23 Uhr verließ Irene Daunus die Wohnung der Verwaltungsangestellten und irrte außerhalb von Stuttgart einige Stunden lang durch die laue Mainacht. In ihrer Beuteltasche trug sie die tödliche Arzneidosis mit sich umher. Irgendwann im Morgengrauen löste sie die Tabletten in einer großen Flasche Fruchtsaft auf, und trank.

Um 12.25 Uhr am nächsten Vormittag erreichte ein Notruf die Einsatzzentrale der Polizei: »Bitte, bitte, Sie müssen ganz schnell kommen. Im Gebüsch bei Sillenbuch-Riedburg liegt eine Frau.« Eine Spaziergängerin hatte Irene Daunus entdeckt.

Fünf Minuten später war eine Funkstreife am Fundort. Die Besatzung verständigte, wie immer in solchen Fällen, routinemäßig die Kripo. An diesem Tag hatte Oberkommissar Axel Buch (35) Dienst im Dezernat I/1, besser bekannt unter der Bezeichnung »Mordkommission«.

Zwanzig Minuten später waren er und der Kollege am Tatort. Axel Buch erzählt: »Ich mußte etwa zehn Meter über die offene Wiese gehen. Dort war dann ein Gartenzaun und direkt davor, unter einem Busch, lag die Frau, so halb auf den Rücken gedreht. Neben ihr standen zwei Taschen und eine Fruchtsaftflasche, die noch zur Hälfte mit einer breiähnlichen Substanz gefüllt war. Die Frau selbst trug blaue Jeans und einen braunen Pullover. Die Brille war ihr nach hinten weggerutscht. Die Augen waren geöffnet und die Bindehaut bereits vertrocknet. Ich ging ran bis auf einen Meter etwa und habe also geschaut. Da sagte mir dann der Streifenbeamte, der Arzt habe den Tod festgestellt. Für mich war die Frau auch tot, ich ging deshalb wieder weg und fragte die Schutzpolizeibeamten, wo der Totenschein sei. Da wurde mir von den Kollegen gesagt, der Arzt habe sich geweigert einen solchen Leichenschauschein auszustellen und zwar mit der Begründung: ‚Es liegt ein unnatürlicher Todesfall vor. Da brauche ich das nicht machen, das ist Aufgabe der Gerichtsmediziner.‘ Nachdem sich der Doktor da offensichtlich geirrt hatte, habe ich die Schutzpolizei beauftragt, den Arzt nochmal über Funk zu rufen.«

Der verweigerte Totenschein war leider nicht der einzige Irrtum, dem der 54jährige Allgemeinmediziner aus Ostfildern, Kreis Esslingen, an diesem Tag unterlag ...

Oberkommissar Axel Buch: »Ich nahm wenig später die kriminalpolizeiliche Untersuchung der Leiche vor, um festzustellen, ob vielleicht ein Fremdverschulden vorliegt, ob zum Beispiel der Schädel eingeschlagen wurde oder die Kehle durchschnitten. Da ich äußerlich nichts erkennen konnte, habe ich dann den Schädel abgedrückt, das heißt, ich habe den Kopf zwischen beide Hände genommen und kräftig gepreßt. Dabei merkt man dann, ob eventuell das Schädeldach gebrochen ist. Plötzlich fing die Frau an zu gurgeln, nein, eigentlich gab sie einen Mischlaut von sich, zwischen lautem Röcheln und Gurgeln. Mich hat beinahe der Schlag getroffen. Ich habe einen Satz von etwa drei, vier Meter nach hinten in die Wiese gemacht. Ich bin zu Tode erschrocken. Bei meinem Job rechne ich damit, daß ich auf Leichen stoße, die Geräusche von sich geben, bei einem Gehenkten zum Beispiel. Aber bei dieser Leiche war das völlig ausgeschlossen, die kann normalerweise kein Geräusch mehr von sich geben. Ich habe zu den Kollegen von der Schutzpolizei rübergebrüllt: ‚Die lebt, die lebt, die lebt... Einen Notarztwagen, schnell einen Notarzt!'«

Als der Kriminalbeamte für die Herzmassage den Pullover hochschob, bemerkte er: »Der Körper ist noch ausgesprochen warm.« Der leichenschauende Doktor indes hatte diagnostiziert, Irene Daunus sei bereits seit acht Stunden tot. Wie war er zu diesem Schluß gekommen? »Die Hände fühlten sich eiskalt an und am Handgelenk war keinerlei Puls zu spüren«, sagt Buch. Und da sich der Mediziner aus Ostfildern nicht die Mühe gemacht hatte, die vermeintlich Tote zu entkleiden, konnte er die verbliebene Körperwärme in der Bauchgegend auch nicht feststellen. Was der Arzt außerdem nicht berücksichtigt hatte: Nach einer so langen Zeit sind für gewöhnlich längst Totenflecke (Beginn nach etwa 30 Minuten) und Totenstarre (Beginn nach etwa zwei Stunden) eingetreten. »Nach immerhin acht Stunden war jedoch bei Irene Daunus nichts von alledem zu sehen«, versichert Axel Buch.

Oberkommissar Buch und der Polizeifotograf begannen sofort mit einer Herzdruckmassage. »Eine ziemlich brutale Methode. Man legt den Handballen auf das Brustbein und schlägt dann mit voller Kraft drauf. Es war reiner

Zufall, daß ich die Herzdruckmassage überhaupt kannte: Ich hatte sie erst ein paar Tage zuvor im Fernsehen gesehen. Normalerweise hätte ich nur Mund-zu-Mund-Beatmung durchgeführt, und das hätte in dem Fall sicher nicht ausgereicht«, sagt Buch. Der Erfolg stellte sich schon bald ein: »Während wir beide abwechselnd diese Pumperei veranstalteten, habe ich dann einen ganz leichten Puls an der Halsschlagader ertasten können.«

In diesem Moment erschien der unglückselige Todesdiagnostiker zum zweiten Mal. Als er sah, was er angerichtet hatte, blieb er wie versteinert stehen und sah fassungslos zu, wie sich die beiden Polizisten mit der Herzdruckmassage abmühten. Immer wieder schüttelte er den Kopf und stammelte: »Das gibt es nicht, das gibt es nicht, die Frau war tot, die Frau war ganz bestimmt tot.« Der Mediziner war zu schockiert, um sich selbst an Wiederbelebungsmaßnahmen zu beteiligen. Axel Buch: »Ich wurde durch dieses Herumstehen des Arztes so wütend, daß ich ihm einige sehr häßliche und verletzende Worte zugeschrien habe. Er sah mich daraufhin traurig an und sagte: ,Ich bitte Sie, beurteilen Sie mich nicht so hart. Sie tun mir sehr unrecht.' Ich habe ihm daraufhin gesagt, er solle dann wenigstens nicht herumstehen, sondern nach Hause gehen. Er wandte sich dann ab und ging.«

Wenige Minuten später traf der Notarztwagen ein und brachte Irene Daunus ins Stuttgarter Katharinen-Hospital. Dort hieß es am 24. Mai im Krankenjournal: »Patientin außer Lebensgefahr«.

Irene Daunus mag heute, rund anderthalb Jahre nach ihrem Scheintod, nicht mehr darüber sprechen: »Bitte,

bitte«, sagt sie, »erinnern Sie mich nie mehr an dieses Ereignis.«

Oberkommissar Axel Buch hat im Auftrag der Staatsanwaltschaft gegen den Arzt aus Ostfildern noch monatelang ermittelt, »wegen unterlassener Hilfeleistung«. Als sämtliche Unterlagen prozeßfertig vorlagen, wurde das Verfahren ganz plötzlich eingestellt.

Wahrscheinlich wäre dem Doktor auch vor Gericht nichts passiert, denn er selbst war ja vom Tod der Irene Daunus fest überzeugt. Und das genügt ja schließlich - zumindest juristisch.

Es geht hier freilich nicht darum, solche Kunstfehler nachträglich anzuklagen. Es geht darum, solche Kunstfehler künftig zu verhindern. Wie dies möglich ist, haben Gerichtsmediziner immer wieder aufgezeigt. Wie notwendig das ist, beweist dieses Buch.

Für den interessierten Leser hier eine Zusammenstellung der Leichenschaugesetze in den einzelnen (alphabetisch aufgeführten) Bundesländern. Beachtenswert sind hier vor allem die unterschiedlichen Vorschriften über Art und Ausmaß der ärztlichen Leichenschau.

Leichenschau-Gesetze der einzelnen Bundesländer

BADEN-WÜRTTEMBERG

Gesetz über das Friedhofs- und Leichenwesen
(Bestattungsgesetz)
Vom 21.7.1970, in Kraft gesetzt am 1.1.1971
(Gesetzblatt für Baden-Württemberg 1970, 395-405)

§ 20 Leichenschaupflicht

(1) Menschliche Leichen und Totgeburten (Leichen) sind zur Feststellung des Todes, des Todeszeitpunktes, der Todesart und der Todesursache von einem Arzt zu untersuchen (Leichenschau).

(2) Jeder niedergelassene Arzt ist verpflichtet, die Leichenschau auf Verlangen vorzunehmen. Gleiches gilt für Ärzte von Krankenhäusern und sonstigen Anstalten für Sterbefälle in der Anstalt.

§ 22 Vornahme der Leichenschau

(1) Der Arzt hat die Leichenschau unverzüglich vorzunehmen. Er ist berechtigt, zu diesem Zweck jederzeit den Ort zu betreten, an dem die Leiche sich befindet, und dort die Leichenschau vorzunehmen. Das Grundrecht der Unverletzlichkeit der Wohnung (Artikel 13 Abs. 1 des Grundgesetzes) wird insoweit eingeschränkt.

(2) Der Arzt hat unverzüglich eine Todesbescheinigung und für die Todesursachenstatistik einen Leichenschauschein auszustellen, wenn er sichere Zeichen des Todes festgestellt hat.

(3) Ergeben sich Anhaltspunkte für einen nicht natürlichen Tod oder handelt es sich um die Leiche eines Unbekannten, so hat der Arzt sofort eine Polizeidienststelle zu verständigen. Er hat, soweit ihm das möglich ist, dafür zu sorgen, daß an der Leiche und deren Umgebung bis zum Eintreffen der Polizei keine Veränderungen vorgenommen werden. Die Todesbescheinigung darf erst ausgehändigt werden, wenn die Staatsanwaltschaft oder der Amtsrichter die Bestattung schriftlich genehmigt hat.

§ 23 Auskunftspflicht
Ärzte und Heilpraktiker, die den Verstorbenen wegen einer dem Tode vorausgegangenen Erkrankung behandelt haben, und die Angehörigen des Verstorbenen sind verpflichtet, dem Arzt, der die Leichenschau vornimmt, über diese Erkrankung und die Todesumstände Auskunft zu geben.

§ 49 Ordnungswidrigkeiten
(1) Ordnungswidrig handelt, wer vorsätzlich oder fahrlässig
4. als Arzt die Leichenschau entgegen § 20 Abs. 2 nicht oder nicht unverzüglich vornimmt (§ 22 Abs. 1), ...
7. als Arzt die Todesbescheinigung oder den Leichenschauschein nicht oder nicht unverzüglich ausstellt (§ 22 Abs. 2),
8. als Arzt entgegen § 22 Abs. 3 eine Polizeidienststelle nicht oder nicht sofort verständigt,
9. als Arzt, Heilpraktiker oder als Angehöriger des Verstorbenen entgegen § 23 dem Arzt, der die Leichenschau vornimmt, die Auskunft verweigert oder unrichtig erteilt, ...

(3) Ordnungswidrig handelt ferner, wer als Arzt in der Todesbescheinigung oder in dem Leichenschauschein unrichtige Angaben macht.

§ 50 Rechtsvorschriften
(1) Das Innenministerium kann durch Rechtsverordnung Vorschriften erlassen über...
4. die Durchführung der Leichenschau,
5. Inhalt, Gestaltung und Ausstellung der Todesbescheinigung und des Leichenschauscheines (§ 22 Abs. 2) sowie ihre Weiterleitung an die zuständigen Behörden, ...

§ 53 Bestellte Leichenschauer
Nach Inkrafttreten dieses Gesetzes wird die Leichenschau nicht mehr von amtlich bestellten Leichenschauern wahrgenommen.

Rechtsverordnung des Innenministeriums zur Durchführung des Bestattungsgesetzes (Bestattungsverordnung)
Vom 10. 12. 1970, in Kraft gesetzt am 1. 1. 1971
(Gesetzblatt für Baden-Württemberg 1970, 521-527)

§ 8 Verhinderung des Arztes
Kann ein niedergelassener Arzt oder ein Anstaltsarzt (§ 20 Abs. 2 Satz 2 des Bestattungsgesetzes) dem Verlangen auf Vornahme der Leichenschau aus zwingenden Gründen, insbesondere zum Schutze eines höherwertigen Gutes nicht oder nicht unverzüglich nachkommen, so hat er das Verlangen unter Berufung hierauf abzulehnen. Ergeben sich nachträglich solche Hinderungsgründe, so hat er unverzüglich dafür zu sorgen, daß die Leichenschau von einem anderen Arzt vorgenommen wird; dies gilt auch für einen Arzt, der nicht zur Vornahme der Leichenschau verpflichtet ist, sich aber hierzu bereit erklärt hat.

§ 9 Vornahme der Leichenschau
(1) Der Arzt hat sich zur Vornahme der Leichenschau an den Ort zu begeben, an dem sich die Leiche befindet.

(2) Wird dem Arzt das Betreten dieses Orts verwehrt oder wird er an der Vornahme der Leichenschau gehindert oder dabei behindert, so hat er die Ortspolizeibehörde zu verständigen, sofern er nicht unmittelbar die Hilfe einer Polizeidienststelle in Anspruch nimmt.

(3) Der Arzt muß sich durch Untersuchung der Leiche Gewißheit über den Eintritt des Todes verschaffen sowie Todeszeitpunkt, Todesursache und Todesart möglichst genau feststellen. Er hat zu diesem Zweck nötigenfalls Auskünfte über eine dem Tod vorausgegangene Erkrankung und die Todesumstände einzuholen. Werden dem Arzt Auskünfte verweigert oder erkennbar unvollständig oder unrichtig erteilt, so hat er die Ortspolizeibehörde zu verständigen.

(4) Das Ausmaß der Untersuchung der Leiche richtet sich nach den Umständen des Einzelfalls. Steht die Todesart nicht eindeutig fest, ist insbesondere der Tod aus unbekannter Ursache unerwartet eingetreten, so ist die Leiche zu entkleiden und besonders eingehend zu untersuchen.

§ 10 Auskunftspflicht

(1) Der Arzt, der die Leichenschau vorgenommen hat, muß dem Arzt, der die ärztliche Bescheinigung für die Feuerbestattung ausstellt (§ 17 Abs. 1) auf Verlangen Auskunft über das Ergebnis seiner Untersuchungen und Erhebungen geben.

(2) Er soll auf Wunsch eines Angehörigen des Verstorbenen, der die Feuerbestattung besorgt, eine formlose Bescheinigung über die festgestellte Todesursache und Todesart zur Vorlage an den Arzt erteilen, der die ärztliche Bescheinigung für die Feuerbestattung ausstellt.

§ 11 Todesbescheinigung

(1) Der Arzt stellt die Todesbescheinigung nach dem Muster der Anlage 1 aus.

(2) Der Arzt händigt die Todesbescheinigung einem Angehörigen des Verstorbenen oder demjenigen aus, der für die Be-

stattung sorgt. Ist dies nicht möglich, übergibt er sie der Ortspolizeibehörde.

(3) Bedarf die Bestattung einer Genehmigung der Staatsanwaltschaft oder des Amtsrichters, so unterrichten diese den Arzt, der die Leichenschau vorgenommen hat, über die erteilte Genehmigung.

(4) Die Todesbescheinigung ist dem Standesamt vorzulegen. Der Standesbeamte trägt in die Todesbescheinigung die für das Standesamt vorgesehenen Angaben ein und gibt sie sodann zurück.

(5) Der Träger des Bestattungsplatzes vermerkt auf der Todesbescheinigung Tag und Ort der Erdbestattung.

§ 12 Leichenschauschein

(1) Der Arzt stellt den Leichenschauschein nach dem Muster der Anlage 2 aus.

(2) Der Arzt verschließt den vertraulichen Teil des Leichenschauscheins und leitet diesen unverzüglich dem Standesamt zu oder übergibt ihn einem Angehörigen des Verstorbenen. Dieser ist verpflichtet, den Leichenschauschein unverzüglich dem Standesamt vorzulegen.

(3) Liegen Anhaltspunkte für einen nicht natürlichen Tod vor, so wartet der Arzt das Ergebnis der amtlichen Ermittlungen über die Todesart ab und leitet den Leichenschauschein selbst unmittelbar dem Standesamt zu.

(4) Der Standesbeamte trägt in den Leichenschauschein die für das Standesamt vorgesehenen Angaben ein und leitet ihn nach näherer Anordnung des Innenministeriums dem Gesundheitsamt zu.

BAYERN

Bestattungsgesetz
Vom 24.9.1970, in Kraft gesetzt am 1.1.1971
(Gesetz- und Verordnungsblatt für Bayern 1970, 417 ff.)

Art. 2 Ärztliche Leichenschau

(1) Jede Leiche muß vor der Bestattung zur Feststellung des Todes, der Todesart (natürlicher oder nicht natürlicher Tod) und der Todesursache von einem Arzt untersucht werden (Leichenschau).

(2) Auf Verlangen eines jeden auf Grund des Art. 15 zur Veranlassung der Leichenschau Verpflichteten oder einer nach Art. 14 Abs. 2 zuständigen Stelle oder deren Beauftragten sind zur Leichenschau verpflichtet,
1. jeder Arzt, der in dem Gebiet der Kreisverwaltungsbehörde, in dem sich die Leiche befindet, oder in dem Gebiet einer angrenzenden kreisfreien Gemeinde niedergelassen ist,
2. in Krankenhäusern und Entbindungsheimen außerdem jeder dort tätige Arzt.

(3) Der Arzt kann die Leichenschau verweigern, wenn sie ihn oder einen Angehörigen, zu dessen Gunsten ihm in Strafverfahren wegen familienrechtlicher Beziehung das Zeugnisverweigerungsrecht zusteht, der Gefahr aussetzen würde, wegen einer Straftat oder einer Ordnungswidrigkeit verfolgt zu werden.

Art. 3 Betretungs- und Auskunftsrecht

(1) Zur Leichenschau dürfen der Arzt und die von ihm zugezogenen Sachverständigen und Gehilfen jederzeit den Ort betreten, an dem sich die Leiche befindet. Der Inhaber der tatsächlichen Gewalt hat ihnen Grundstücke, Räume und bewegliche Sachen zugänglich zu machen.

(2) Wer den Verstorbenen unmittelbar vor dem Tod berufsmäßig behandelt oder gepflegt hat, hat auf Verlangen des Arztes, der die Leichenschau vornimmt, unverzüglich die zu diesem

Zweck erforderlichen Auskünfte zu erteilen und Unterlagen vorzulegen.

Die gleiche Verpflichtung trifft jeden Arzt, der den Verstorbenen nach dessen Tod untersucht hat. Der Verpflichtete kann die Auskunft und die Vorlage von Unterlagen verweigern, soweit er dadurch sich selbst oder einen Angehörigen, zu dessen Gunsten ihm in Strafverfahren wegen familienrechtlicher Beziehung das Zeugnisverweigerungsrecht zusteht, der Gefahr aussetzen würde, wegen einer Straftat oder einer Ordnungswidrigkeit verfolgt zu werden.

Art. 6 Tot- und Fehlgeburten, Körper- und Leichenteile

(1) Für eine totgeborene oder während der Geburt verstorbene Leibesfrucht von mindestens 35 cm Länge (Totgeburt) gelten die Vorschriften dieses Gesetzes und die auf Grund dieses Gesetzes ergangenen Rechtsvorschriften über Leichen und Aschenreste Verstorbener sinngemäß.

(2) Eine totgeborene oder während der Geburt verstorbene Leibesfrucht unter 35 cm Länge (Fehlgeburt) und Körper- und Leichenteile müssen durch den Verfügungsberechtigten oder, wenn ein solcher nicht feststellbar oder verhindert ist, durch den Inhaber des Gewahrsams unverzüglich in schicklicher und gesundheitlich unbedenklicher Weise beseitigt werden, soweit und solange sie nicht medizinischen oder wissenschaftlichen Zwecken dienen oder als Beweismittel von Bedeutung sind.

Art. 15 Verpflichtete

(1) Das Staatsministerium des Innern wird ermächtigt, durch Rechtsverordnung zu bestimmen, wer die Leichenschau zu veranlassen und für die Bestattung, die ihr vorausgehenden notwendigen Verrichtungen und für Umbettungen zu sorgen hat, unter welchen Voraussetzungen diese Verpflichtungen bestehen und wie und innerhalb welcher Zeit sie zu erfüllen sind...

Art. 16 Durchführungsvorschriften
Das Staatsministerium des Innern wird ermächtigt, durch Rechtsverordnungen...
(1) die erforderlichen Vorschriften zu erlassen, um die Einhaltung dieser Anforderungen und darüber hinausgehende Belange der öffentlichen Sicherheit und Ordnung sicherzustellen, ferner um die von Leichen, Fehlgeburten, Körper- und Leichenteilen ausgehenden Gefährdungen abzuwehren und zu verhindern, daß öffentliche Bestattungseinrichtungen mehr als durch eine schickliche Totenehrung geboten beansprucht werden. In diesen Rechtsverordnungen kann das Staatsministerium des Innern insbesondere...
b) vorschreiben, daß die Leichenschau durch einen im öffentlichen Gesundheitsdienst tätigen oder von der zuständigen Behörde bestellten Arzt durchzuführen oder zu wiederholen oder eine innere Leichenschau vorzunehmen ist, ferner bestimmen, daß die Ärzte an Verstorbenen, die sie behandelt haben, die Leichenschau nicht vornehmen dürfen,
c) die Pflichten des Arztes, der die Leichenschau vornimmt, und desjenigen, der die Leichenschau veranlaßt, festlegen, . . .
(2) Ärzte bestimmter Fachrichtungen oder Ärzte, die zu dem Verstorbenen in einer familienrechtlichen Beziehung der in Art. 2 Abs. 3 bezeichneten Art gestanden haben, von der Verpflichtung nach Art. 2 Abs. 2 auszunehmen; . . .

Art. 18 Ordnungswidrigkeiten
(1) Mit Geldbuße kann belegt werden, wer
1. eine Leiche beiseite schafft oder bestattet, ohne daß die in diesem Gesetz oder auf Grund dieses Gesetzes oder in anderen Rechtsvorschriften festgelegten Voraussetzungen für die Bestattung vorliegen,
2. ohne die vorgeschriebene Leichenschau und ohne sichere Zeichen des Todes eine Leichenöffnung vornimmt oder eine Leiche zu medizinischen oder wissenschaftlichen Zwecken verwendet,

3. bei der Öffnung einer Leiche oder ihrer Verwendung zu medizinischen oder wissenschaftlichen Zwecken oder wer als Arzt bei der Leichenschau oder als Bestatter in Ausübung seines Berufs Anzeichen für einen nicht natürlichen Tod feststellt und nicht unverzüglich die Polizei oder Staatsanwaltschaft verständigt,
4. eine Leiche eines Unbekannten oder eine Leiche, für die Anhaltspunkte eines nicht natürlichen Todes bestehen, öffnet oder zu medizinischen oder wissenschaftlichen Zwecken verwendet, bevor nicht die Staatsanwaltschaft oder der Amtsrichter zugestimmt oder die Bestattung schriftlich genehmigt hat,
5. fortfährt, eine Leiche, an der bisher unbekannte Anzeichen eines nicht natürlichen Todes auftauchen, zu öffnen oder zu medizinischen oder wissenschaftlichen Zwecken zu verwenden, bevor nicht die Staatsanwaltschaft oder der Amtsrichter zugestimmt oder die Bestattung schriftlich genehmigt hat,
6. als Arzt der Pflicht, die Leichenschau vorzunehmen, nicht oder nicht rechtzeitig nachkommt, ...
(2) Mit Geldbuße kann auch belegt werden, wer in den Fällen des Absatzes 1 Nrn. 1 bis 5, 8 und 10 die Tat fahrlässig begangen hat.

Verordnung zur Durchführung des Bestattungsgesetzes (Bestattungsverordnung)
Vom 9. 12. 1970, in Kraft gesetzt am 1. 1. 1971
(Gesetz- und Verordnungsblatt für Bayern 1970, 671 ff.)

§ 3 **Todesbescheinigung**
(1) Der zur Leichenschau zugezogene Arzt hat die Leichenschau unverzüglich vorzunehmen und darüber eine Todesbescheinigung auszustellen, die aus einem vertraulichen und einem nicht vertraulichen Teil besteht. Er darf die Todesbescheinigung erst ausstellen, wenn er an der Leiche sichere Anzeichen des To-

des festgestellt hat. Vom nicht vertraulichen Teil der Todesbescheinigung hat er eine Durchschrift zu fertigen.

(2) Inhalt und Form der Todesbescheinigung müssen dem vom Staatsministerium des Innern bekanntgemachten Muster entsprechen.

(3) Die Todesbescheinigung ist, sofern nicht § 4 Abs. 1 zutrifft, mit der Durchschrift sogleich demjenigen auszuhändigen, der die Leichenschau veranlaßt hat. Dieser hat die Todesbescheinigung mit der Durchschrift unverzüglich dem für die Beurkundung des Sterbefalles zuständigen Standesamt zuzuleiten. Falls er nicht selbst für die Bestattung sorgt, hat er die Durchschrift der Todesbescheinigung, auf der der Standesbeamte die Beurkundung des Sterbefalles vermerkt hat, dem zur Bestattung Verpflichteten zu übergeben. Ist dieser nicht zur Stelle, so hat derjenige, der die Leichenschau veranlaßt hat, die Durchschrift der Todesbescheinigung der Gemeinde oder, wenn sich die Leiche im gemeindefreien Gebiet befindet, dem Landratsamt zuzuleiten.

§ 4 Nicht natürlicher Tod, Leiche eines Unbekannten

(1) Ergeben sich Anhaltspunkte für einen nicht natürlichen Tod oder wird die Leiche eines Unbekannten aufgefunden, so dürfen bis zum Eintreffen des Arztes, der die Leichenschau vornimmt, an der Leiche nur Veränderungen vorgenommen werden, die aus Gründen der öffentlichen Sicherheit zwingend erforderlich sind. Der zur Leichenschau zugezogene Arzt hat sogleich die Polizei zu verständigen und ihr die Todesbescheinigung mit Durchschrift zuzuleiten.

(2) Gericht, Staatsanwaltschaft und Polizei können die Todesbescheinigung einsehen, wenn die Voraussetzungen des Absatzes 1 Satz 1 gegeben sind.

(3) Die Polizei leitet die Todesbescheinigung und deren Durchschrift zusammen mit der Anzeige des Sterbefalles (§ 35 PStG) dem für die Beurkundung des Sterbefalles zuständigen Standesbeamten zu. Die Durchschrift der Todesbescheinigung darf dem zur Bestattung Verpflichteten erst ausgehändigt wer-

den, wenn der Staatsanwalt oder der Amtsrichter die Bestattung schriftlich genehmigt hat.

§ 5 Leichenschau in sonstigen Fällen

(1) Die Leichenschau ist von einem Arzt des Gesundheitsamtes, in dessen Amtsbezirk sich die Leiche befindet, durchzuführen, wenn kein anderer Arzt die Leichenschau vornimmt.

(2) Ist anzunehmen, daß die Leichenschau nicht ordnungsgemäß vorgenommen wird, so kann die Staatsanwaltschaft oder die Polizei verlangen, daß die Leichenschau von einem Arzt des Gesundheitsamtes, in dessen Amtsbezirk sich die Leiche befindet, oder von einem Landgerichtsarzt vorgenommen wird, oder, wenn sie bereits durchgeführt worden ist, wiederholt wird.

§ 9 Frühester Bestattungszeitpunkt

(1) Die Bestattung ist frühestens 48 Stunden nach Eintritt des Todes zulässig...

BERLIN

Gesetz über das Leichen- und Bestattungswesen (Bestattungsgesetz)
Vom 2. 11. 1973, in Kraft gesetzt am 1. 7. 1974
(Gesetz- und Verordnungsblatt für Berlin 1973, 1830-1833)

§ 1 Leichen

(1) Dieses Gesetz findet auf menschliche Leichen Anwendung.

(2) Leichen im Sinne des Gesetzes sind auch totgeborene Kinder. Als totgeborene Kinder gelten Leibesfrüchte, die mindestens 35 Zentimeter lang sind und bei denen sich nach der Scheidung vom Mutterleib keines der Merkmale des Lebens gezeigt hat.

§ 3 Leichenschaupflicht

(1) Jede Leiche ist zur Feststellung des Todes, des Todeszeitpunkts, der Todesart und der Todesursache von einem Arzt zu untersuchen (Leichenschau).

(2) Jeder niedergelassene Arzt ist verpflichtet, die Leichenschau auf Verlangen vorzunehmen, sofern er nicht aus wichtigem Grund daran gehindert ist. Bei Sterbefällen in Krankenanstalten trifft diese Verpflichtung die dort tätigen Ärzte.

§ 5 Leichen von Unbekannten

Wer bei dem Tode eines Unbekannten zugegen ist oder die Leiche eines Unbekannten findet, hat hiervon unverzüglich die Polizeibehörde zu benachrichtigen. Die Leichenschau wird in diesen Fällen von der Polizeibehörde veranlaßt.

§ 6 Vornahme der Leichenschau

(1) Der Arzt hat die Leichenschau grundsätzlich innerhalb von zwölf Stunden nach der Aufforderung hierzu vorzunehmen und über seine Feststellung unter Verwendung des amtlichen Vordrucks unverzüglich einen Leichenschauschein auszustellen.

(2) Ergeben sich bei der Leichenschau Anhaltspunkte dafür, daß der Verstorbene eines nicht natürlichen Todes gestorben ist, so beendet der Arzt die Leichenschau mit dieser Feststellung und benachrichtigt sofort die Polizeibehörde.

§ 7 Auskunftspflicht

(1) Ärzte, Zahnärzte und Heilpraktiker, die den Verstorbenen vor seinem Tode behandelt haben, sind verpflichtet, dem Arzt, der die Leichenschau vornimmt, auf Verlangen über den von ihnen festgestellten Krankheitszustand Auskunft zu geben.

(2) Die in Absatz 1 genannten Ärzte, Zahnärzte und Heilpraktiker sind berechtigt, die Auskünfte auch der Polizeibehörde zu geben.

§ 24 Ordnungswidrigkeiten
(1) Ordnungswidrig handelt, wer vorsätzlich oder fahrlässig
1. als Arzt
a) die Leichenschau entgegen § 6 Abs. 1 nicht oder nicht rechtzeitig vornimmt, obwohl er sich zur Vornahme der Leichenschau bereit erklärt hat,
b) den Leichenschauschein entgegen § 6 Abs. 1 unvollständig, unrichtig oder nicht unverzüglich ausstellt,
c) die Polizeibehörde entgegen § 6 Abs. 2 nicht oder nicht rechtzeitig benachrichtigt,
2. als Arzt, Zahnarzt oder Heilpraktiker Auskünfte nach § 7 unrichtig erteilt, ...

§ 25 Rechtsverordnungen
(1) Der Senat kann zur Durchführung dieses Gesetzes Rechtsverordnungen erlassen über
1. den Inhalt, die Ausstellung und die Verwendung des Leichenschauscheins, des Bestattungsscheins und des Leichenpasses, ...

BREMEN

Gesundheitsdienstordnung
Vom 13.9.1935, letztmals geändert am 30.4.1947
(Gesetzblatt der Freien Hansestadt Bremen 1935, 191 ff.; 1937, 133, 183 und 209; 1939, 200; 1940, 45; 1947, 65)

Auf Grund des § 10 des Gesetzes über die Vereinheitlichung des Gesundheitswesens vom 3.7.1934 (RGBl 1934, I 531 ff.) hat der Senat folgende Verordnung beschlossen:

§ 18 Leichenschau
(1) Ein Arzt darf einen Totenschein (§ 27) nur ausstellen, wenn er den Leichnam sorgfältig untersucht und die sicheren Kennzeichen des Todes wahrgenommen hat.

(2) In Todesfällen, die den Verdacht eines Verbrechens, Vergehens, Selbstmordes, Unglücksfalles oder einer ansteckenden Krankheit erregen, ist der Totenschein nicht den Anghörigen des Verstorbenen, sondern der Polizeibehörde zuzustellen. Die Polizeibehörde kann, um die Todesursache zu ermitteln, im Einvernehmen mit dem Gesundheitsamt die Leichenöffnung anordnen, soweit nicht gerichtliche Untersuchung in Frage kommt.

§ 19 Unnatürlicher Tod
An Leichen, die Gegenstand einer gerichtlichen Untersuchung werden können, darf ein Arzt in den in § 18 Abs. 2 genannten Fällen die Leichenöffnung nur mit Genehmigung des Staatsanwaltes, an anderen Leichen gegen den Widerspruch der nächsten Anverwandten nicht vornehmen.

HAMBURG

Gesetz über das Gesundheitswesen
Vom 15. 3. 1920
Ausführungsbestimmungen zu 3. 6. 1. vom 28. 7. 1920
(BL I 2120 - a - 1)

C Meldung von Todesfällen
(1) Jeder Arzt ist verpflichtet, über jeden unter seiner Behandlung verstorbenen Kranken nach der Leichenbesichtigung eine Todesbescheinigung nach einem von der zuständigen Behörde herausgegebenen Vordruck auszustellen und die Todesursache (tödliche Krankheit) nach bestem Wissen und Gewissen genau einzutragen.
2. Ein Arzt darf eine Todesbescheinigung nicht ausstellen:
a) wenn er bei der zuständigen ärztlichen Bezirksvereinigung nicht angemeldet ist (aufgehoben durch Personenstandsgesetz in der Fassung vom 8. 8. 1957; BGBl. 1957, 1125);

b) wenn der Verstorbene nicht in seiner Behandlung gewesen ist;
c) wenn sich bei dem Verstorbenen während der Krankheit oder nach dem Tode Spuren einer nicht natürlichen Todesursache gezeigt haben; es sei denn, daß schon vor Eintritt des Todes den zuständigen Behörden Anzeige gemacht wurde;
d) wenn es sich um ein totgeborenes Kind handelt, bei dessen Geburt er nicht zugegen gewesen ist.

In allen diesen Fällen sind die Angehörigen zur Ausstellung der Todesbescheinigung an den zuständigen Amtsarzt zu verweisen. Dieser hat die Bescheinigung der zuständigen Behörde zuzustellen, die nach der Untersuchung gegebenenfalls zu bescheinigen hat, daß gegen die Bestattung nichts einzuwenden ist, und dann die Bescheinigung den Angehörigen aushändigt...

(3) Bei totgeborenen Früchten, die eine Körperlänge von 35 cm nicht erreicht haben, bedarf es keiner Todesbescheinigung, doch ist zur Beerdigung auf einem Friedhof ein vom Amtsarzt auszustellender Erlaubnisschein erforderlich.

(4) Die Todesbescheinigungen sind, soweit sie von nicht beamteten Ärzten ausgestellt werden, den Angehörigen der Verstorbenen auszuhändigen...

(8) Eine Leichenöffnung ist zu unterbrechen, falls dabei Erscheinungen auftreten, die den Verdacht einer nicht natürlichen Todesursache entstehen lassen. Der zuständigen Behörde ist unverzüglich Mitteilung zu machen.

Polizeiverordnung über das Leichenwesen
Vom 3. 8. 1939 (RSG Nr. 2129 b)

§ 1 Bestattung von Leichen

(1) Leichen dürfen erst nach Eintritt der Merkmale des Todes, frühestens nach Ablauf von 48 Stunden nach dem Tode, bestattet werden.

(2) Auf Antrag der Bestattungspflichtigen kann die zuständige Behörde ausnahmsweise eine frühere Bestattung genehmi-

gen, falls durch ärztliches, auf Grund eigener Wahrnehmungen ausgestelltes Zeugnis bescheinigt wird, daß an der Leiche die Merkmale des eingetretenen Todes festgestellt sind oder die Verwesung so ungewöhnliche Fortschritte gemacht hat, daß jede Möglichkeit des Scheintodes ausgeschlossen ist...

Fachliche Weisung der Gesundheitsbehörde und Dienstanweisung
Vom 21. 2. 1975 (P/4/529 - 12.14)

Regelung des Verfahrens mit Todesbescheinigungen...
Ist die Todesart natürlicher Tod nicht vermerkt, so wird vor der standesamtlichen Beurkundung vom Standesamt oder von der Krankenanstalt (falls nicht vom Arzt oder von den Angehörigen bereits eingeleitet) die kriminalpolizeiliche Klärung veranlaßt...

Dienstanweisung für den Rettungsdienst...
... Die Prüfung der Todeszeichen muß besonders sorgfältig erfolgen, weil der erste Eindruck den Tod vortäuschen kann...

HESSEN

Gesetz über das Friedhofs- und Bestattungswesen
Vom 17. 12. 1964, in Kraft gesetzt am 1. 4. 1965
(Gesetz- und Verordnungsblatt für Hessen 1964, 225 ff.;
1969, 199 ff. und 1970, 598 ff.)

§ 11 Ärztliche Leichenschau
(1) Vor der Bestattung müssen Tod, Todesart und -ursache im Wege der Leichenschau festgestellt werden.
(2) Jeder Arzt ist auf Verlangen zur Vornahme der Leichenschau verpflichtet.

§ 13 Ordnungswidrigkeiten
(1) Ordnungswidrig handelt, wer vorsätzlich oder fahrlässig
1. entgegen § 12 Abs. 1 als Angehöriger (§ 12 Abs. 2) oder als Verpflichteter nach § 12 Abs. 3 die zum Schutze der Gesundheit und der Totenruhe erforderlichen Sorgemaßnahmen (§ 10) sowie die Leichenschau (§ 11) nicht unverzüglich veranlaßt.
2. Wer auf Grund des § 18 dieses Gesetzes erlassener Rechtsvorschrift zuwiderhandelt...

Verordnung über das Leichenschauwesen
Vom 12. 3. 1965, in Kraft gesetzt am 1. 4. 1965
(Gesetz- und Verordnungsblatt für Hessen 1965, 63 ff.; 1967, 183 ff.; 1974, 335)

§ 3 Ärztliche Leichenschau
(1) Die Leichenschau ist unverzüglich vorzunehmen. Der zur Leichenschau zugezogene Arzt hat die Leiche sorgfältig zu untersuchen und den Leichenschauschein auszustellen. Der Leichenschauschein ist zu verschließen und einer nach § 12 des Gesetzes über das Friedhofs- und Bestattungswesen sorgepflichtigen Person auszuhändigen. In den Fällen des § 159 der Strafprozeßordnung darf die Staatsanwaltschaft oder der Amtsrichter den Leichenschauschein öffnen.
(2) Die Leichenschau ist von einem beamteten Arzt des für den Sterbe- oder Auffindungsort zuständigen Gesundheitsamtes durchzuführen, wenn
1. kein anderer Arzt die Leichenschau vornimmt oder
2. das Gericht, die Staatsanwaltschaft oder eine Polizeidienststelle hierzu auffordert.
(3) Angehörige, Hausgenossen und Pflegepersonal des Verstorbenen, Ärzte, die den Verstorbenen behandelt haben, sowie Personen, die beim Tod anwesend waren, sind auf Verlangen des zur Leichenschau zugezogenen Arztes verpflichtet, die erforderlichen Auskünfte zu erteilen.

(4) Für den Leichenschauschein ist ein Vordruck nach dem Muster der Anlage zu verwenden. Etwa verbliebene Zweifel über Todesart und -ursache sind in dem Leichenschauschein zu vermerken.

§ 4 Benachrichtigung der Polizei und des Gesundheitsamtes

(1) Der zur Leichenschau zugezogene Arzt hat unverzüglich die zuständige Dienststelle der Vollzugspolizei zu benachrichtigen, wenn
1. sich Anhaltspunkte dafür ergeben, daß der Verstorbene eines nicht natürlichen Todes gestorben ist
   oder
2. es sich um die Leiche eines Unbekannten handelt.

(2) Die Meldepflicht des Arztes nach den Vorschriften des Bundesseuchengesetzes bleibt unberührt.

NIEDERSACHSEN

Gesetz über das Leichenwesen
Vom 29. 3. 1963, in Kraft gesetzt am 1. 4. 1963
(Niedersächsisches Gesetz- und Verordnungsblatt 1963, 142 ff.)

§ 1 Leichenschau

(1) Jede menschliche Leiche ist zur Feststellung des Todes, der Todesart und der Todesursache von einem Arzt zu untersuchen (Leichenschau). Der Arzt hat hierüber eine Todesbescheinigung (Leichenschauschein) nach vorgeschriebenem Muster auszustellen.

(2) Ein Kind, bei dem nach der Scheidung vom Mutterleib entweder das Herz geschlagen oder die Nabelschnur pulsiert oder die natürliche Lungenatmung eingesetzt hat, gilt, wenn es verstorben ist, als Leiche.

(3) Als Leiche gilt auch eine Leibesfrucht, bei der sich nach der Scheidung vom Mutterleib keine der in Absatz 2 genannten Merkmale des Lebens gezeigt haben, deren Größe aber mindestens 35 cm beträgt.

§ 3 Vornahme der Leichenschau
(1) Die Leichenschau ist unverzüglich vorzunehmen. Der Arzt hat die Leiche sorgfältig zu untersuchen und den Leichenschauschein auszustellen.

(2) Stellt der Arzt Anzeichen dafür fest, daß die verstorbene Person nicht eines natürlichen Todes gestorben ist, oder erlangt er von Umständen Kenntnis, die den Verdacht eines nicht natürlichen Todes begründen, oder handelt es sich um die Leiche eines Unbekannten, so hat der Arzt die für den Sterbe- oder Auffindungsort zuständige Polzeidienststelle unverzüglich zu benachrichtigen und ihr den Leichenschauschein zuzuleiten. Ist der Todesfall in einer Vollzugsanstalt der Justizverwaltung eingetreten, so tritt an die Stelle der Polizeidienststelle die örtlich zuständige Staatsanwaltschaft oder das örtlich zuständige Amtsgericht.

(3) Die Leichenschau ist von einem beamteten Arzt des für den Sterbe- oder Auffindungsort zuständigen Gesundheitsamtes durchzuführen, wenn
a) kein anderer Arzt die Leichenschau vornimmt,
b) das zuständige Gericht, die zuständige Staatsanwaltschaft oder eine Polizeidienststelle das Gesundheitsamt hierzu auffordert.

(4) Soweit nicht die Voraussetzungen des Absatzes 2 vorliegen, hat der Arzt den Leichenschauschein einem der nach § 2 Verpflichteten auszuhändigen. Dieser hat den Leichenschauschein unverzüglich dem für den Sterbeort zuständigen Standesbeamten zuzuleiten.

§ 5 Unrichtige Todesbescheinigung
Ein Arzt, der vorsätzlich oder leichtfertig eine unrichtige Bescheinigung über die Todesursache ausstellt, wird mit Gefängnis bis zu einem Jahr und mit Geldstrafe oder mit einer dieser Strafen bestraft.

§ 7 Ordungswidrigkeiten
(1) Ordnungswidrig handelt, wer vorsätzlich oder fahrlässig
2. einen Leichenschauschein (§ 1 Abs. 1 und § 3 Abs. 1)
a) ohne Leichenschau oder
b) nicht nach vorgeschriebenem Muster
ausstellt,
3. als Arzt es unterläßt, die zuständige Polizeidienststelle unverzüglich zu benachrichtigen und ihr den Leichenschauschein zuzuleiten (§ 3 Abs. 2), wenn er
a) bei der Leichenschau Anzeichen eines nicht natürlichen Todes feststellt, oder
b) bei der Leichenschau von Umständen Kenntnis erlangt, die den Verdacht eines nicht natürlichen Todes begründen,
oder
c) die Leichenschau bei der Leiche eines Unbekannten vornimmt . . .

Verordnung über die Bestattung von Leichen
Vom 29. 10. 1964, in Kraft gesetzt am 29. 10. 1964
(Niedersächsisches Gesetz- und Verordnungsblatt
1964, 183-184)

§ 1 Bestattungsfrist
(1) Eine Leiche darf erst nach Ablauf von achtundvierzig Stunden seit dem Eintritt des Todes bestattet werden. Auf Antrag desjenigen, der für die Bestattung sorgt, kann die zuständige Behörde ausnahmsweise eine frühere Bestattung zulassen.

NORDRHEIN-WESTFALEN

Ordnungsbehördengesetz
Vom 16. 10. 1956 (§ 29 Abs. 1)

Verordnung über das Leichenwesen
Vom 10. 12. 1964, in Kraft gesetzt am 1. 1. 1965
(Gesetzblatt für Nordrhein-Westfalen 1964, 415 ff.)

§ 1 Bestattung von Leichen

(1) Eine Leiche darf erst bestattet werden, wenn dem Standesamt die von einem Arzt ausgestellte Todesbescheinigung eingereicht worden ist und der Standesbeamte daraufhin die Eintragung des Sterbefalles vorgenommen hat.

(2) Eine Bestattung vor der Eintragung des Sterbefalles ist nur mit Genehmigung oder auf Anordnung der örtlichen Ordnungsbehörde zulässig.

(3) Sind die Anhaltspunkte dafür vorhanden, daß jemand eines nicht natürlichen Todes gestorben ist, oder wird der Leichnam eines Unbekannten gefunden, ist die Bestattung nur zulässig, wenn sie durch die Staatsanwaltschaft oder durch das Amtsgericht nach § 159 Abs. 2 StPO genehmigt worden ist.

§ 3 Todesbescheinigung

(1) Der Arzt darf die Todesbescheinigung erst ausstellen, wenn er die Leiche persönlich besichtigt und untersucht hat (Leichenschau).

(2) Der Arzt hat die Leichenschau alsbald nach Erhalt der Anzeige über den Todesfall vorzunehmen.

(3) Falls kein anderer Arzt die Leichenschau vornimmt, ist sie von einem Arzt des für den Sterbe- oder Auffindungsort zuständigen Gesundheitsamtes durchzuführen.

(4) Bei der Leichenschau ist insbesondere festzustellen,
a) ob der Tod eingetreten ist,

b) ob der Tote eines natürlichen Todes infolge einer bestimmt zu bezeichnenden Krankheit gestorben und wegen dieser Krankheit von einem Arzt behandelt worden ist oder ob Anzeichen einer gewaltsamen Todesart vorliegen,
c) aus welcher Ursache der Tod eingetreten ist und
d) ob Umstände vorliegen, die Maßnahmen zur Abwehr von Seuchen nach dem Bundes-Seuchengesetz erfordern.

(5) Der Arzt hat das Ergebnis seiner Feststellungen in die Todesbescheinigung einzutragen.

RHEINLAND-PFALZ

Polizeiverwaltungsgesetz (§§ 1, 28, 38, 39 und 44)

Landespolizeiverordnung über das Leichenwesen
Vom 21. 10. 1974, in Kraft gesetzt am 1. 1. 1975
(Gesetz- und Verordnungsblatt für Rheinland-Pfalz
1974, 448-452)

§ 2 Todesbescheinigung, Leichenschauschein und Sektionsschein

(1) Die Genehmigung zur Bestattung einer Leiche darf die Ortspolizeibehörde erst erteilen, nachdem ihr ein von einem Arzt ausgestelltes Zeugnis über das Ableben der Person (Todesbescheinigung) nach anliegendem Muster (Anlage) vorgelegt und der Sterbefall bei dem Standesbeamten angezeigt worden ist. Der Standesbeamte vermerkt die Anzeige des Sterbefalles auf der Todesbescheinigung und dem Leichenschauschein (Absatz 4).

(2) In den Fällen des § 159 der Strafprozeßordnung in ihrer jeweils geltenden Fassung darf die Bestattungsgenehmigung durch die Ortspolizeibehörde nur erteilt werden, wenn die Bestattung durch die Staatsanwaltschaft oder durch den Amtsrichter schriftlich genehmigt worden ist...

(4) Der die Todesbescheinigung ausstellende Arzt hat gleichzeitig einen Leichenschauschein nach anliegendem Muster...

und gegebenenfalls einen Sektionsschein nach anliegendem Muster . . . auszufüllen. Der Leichenschauschein ist ebenfalls dem Standesbeamten vorzulegen. Der Standesbeamte sendet die Leichenschauscheine ungeöffnet monatlich gesammelt an das Gesundheitsamt. Dieses leitet sie alsbald nach der Auswertung an das Statistische Landesamt weiter, das sie später zum endgültigen Verbleib an das Gesundheitsamt zurückreicht.

§ 3 Ärztliche Leichenschau
(1) Die Leichenschau darf nur von einem Arzt durchgeführt werden.
(2) Der Arzt darf Todesbescheinigung, Leichenschauschein und Sektionsschein nur ausstellen, nachdem er die Leiche persönlich besichtigt hat. Die Leiche soll unbekleidet sein.

§ 12 Sektion
(1) Hält der die Leichenschau (§ 3) durchführende Arzt eine klinische Sektion als Ergänzung der Leichenschau für erforderlich, hat er den Sektionsschein dem Sektionsauftrag als Anlage beizufügen. Der die Sektion durchführende Obduzent ist verpflichtet, den Sektionsschein nach Eintragung des Sektionsergebnisses unverzüglich dem für den Sterbeort zuständigen Gesundheitsamt vorzulegen. . .

§ 18 Ordnungswidrigkeiten
(1) Ordnungswidrig im Sinne des § 38 des Polizeiverwaltungsgesetzes von Rheinland-Pfalz handelt, wer vorsätzlich oder fahrlässig. . .
2. entgegen § 2 Abs. 1 und 4 sowie § 3 als Arzt die Todesbescheinigung oder den Leichenschauschein nicht richtig oder ohne persönliche Besichtigung der Leiche ausstellt oder die Durchführung der Leichenschau trotz Verpflichtung verweigert. . .

SAARLAND

Polizeiverwaltungsgesetz (§§ 14, 24 und 33)

Polizeiverordnung über das Leichenwesen
Vom 10. 3. 1967, in Kraft gesetzt am 10. 3. 1967
(Amtsblatt des Saarlandes 1967, 267-269)

§ 2 Leichenschauschein

Die Erlaubnis zur Bestattung darf erst erteilt werden, wenn
1. ein Leichenschauschein
2. eine Sterbeurkunde
   oder
   eine Bescheinigung des für den Sterbeort zuständigen Standesbeamten über die Beurkundung des Sterbefalls
   oder
   eine Genehmigung der Ortspolizeibehörde des Sterbeorts nach § 39 Abs. 1 des Personenstandsgesetzes vorgelegt und
3. erforderlichenfalls eine gerichtliche oder staatsanwaltschaftliche Erlaubnis zur Bestattung erteilt worden ist.

§ 3 Ärztliche Leichenschau

(1) Die Leichenschau ist unverzüglich vorzunehmen. Der zur Leichenschau zugezogene Arzt hat die Leiche sorgfältig zu untersuchen und den Leichenschauschein auszustellen. Der Leichenschauschein ist zu verschließen und dem zuständigen Standesbeamten zuzuleiten. Jeweils am Monatsende sind die eingegangenen Leichenschauscheine ungeöffnet dem zuständigen Gesundheitsamt zu übersenden, das dieselben bis zum 15. des folgenden Monats an das Statistische Landesamt in Saarbrücken weiterleitet.

In den Fällen des § 159 der Strafprozeßordnung darf die Polizei, die Staatsanwaltschaft oder der Amtsrichter den Leichenschauschein öffnen.

(2) Die Leichenschau ist von einem beamteten Arzt des für den Sterbe- oder Auffindungsort zuständigen Gesundheitsamtes durchzuführen, wenn

1. kein anderer Arzt die Leichenschau vornimmt
   oder
2. das Gericht, die Staatsanwaltschaft oder eine Polizeidienststelle hierzu auffordert.

(3) Angehörige, Hausgenossen und Pflegepersonen des Verstorbenen, Ärzte, die den Verstorbenen behandelt haben, sowie Personen, die beim Tod anwesend waren, sind auf Verlangen des zur Leichenschau zugezogenen Arztes verpflichtet, die erforderlichen Auskünfte zu erteilen.

(4) Für den Leichenschauschein ist ein Vordruck nach dem Muster der Anlage I zu verwenden. Etwa verbliebene Zweifel über Todesart und -ursache sind in dem Leichenschauschein zu vermerken.

§ 4 Benachrichtigung der Polizei und des Gesundheitsamtes

(1) Der zur Leichenschau zugezogene Arzt hat unverzüglich die zuständige Dienststelle der Vollzugspolizei zu benachrichtigen, wenn
1. sich Anhaltspunkte dafür ergeben, daß der Verstorbene eines nicht natürlichen Todes gestorben ist
   oder
2. es sich um die Leiche eines Unbekannten handelt.

(2) Die Meldepflicht des Arztes nach den Vorschriften des Bundes-Seuchengesetzes bleibt unberührt.

§ 8 Bestattungsfristen

(1) Leichen sind frühestens 48 Stunden und nicht später als 96 Stunden nach dem Eintritt des Todes zu bestatten. Dies gilt auch für die Bestattung totgeborener Kinder, die nach Ende des sechsten Schwangerschaftsmonats geboren worden sind. Gemeinden, in denen an Sonnabenden, an Sonn- und Feiertagen eine Bestattung nicht durchgeführt wird, bleiben diese Tage bei der Berechnung der Höchstfrist außer Ansatz, wenn nicht die Ortspolizeibehörde eine frühere Bestattung anordnet.

§ 16 Strafbestimmungen
Für den Fall der Zuwiderhandlung gegen diese Polizeiverordnung wird eine Geldstrafe bis zu 125,- DM, bei besonders schweren Fällen die Beantragung von Haft bis zu zwei Wochen angedroht.

SCHLESWIG-HOLSTEIN

Landesverwaltungsgesetz (§§ 166, 171 und 172)

Landesverordnung über das Leichenwesen
Vom 18. 2. 1975, in Kraft gesetzt am 1. 1. 1976
(Gesetz- und Verordnungsblatt für Schleswig-Holstein
1975, 337-340)

§ 1 Zulässigkeit der Bestattung
Eine Leiche darf erst bestattet werden, wenn dem Standesbeamten eine Todesbescheinigung vorgelegt worden ist. § 39 des Personenstandsgesetzes in der Fassung der Bekanntmachung vom 8. August 1957 (BGBl. I S. 1125), zuletzt geändert durch Gesetz vom 5. August 1974 (BGBl. I S. 1857), und § 159 Abs. 2 der Strafprozeßordnung bleiben unberührt.

§ 3 Leichenschau
(1) Die Todesbescheinigung darf nur von einem Arzt und erst dann ausgestellt werden, wenn der Arzt die Leiche persönlich besichtigt hat (Leichenschau).
(2) Die zuständige Behörde kann für Inseln, auf denen kein Arzt ansässig ist und die verkehrsmäßig schwer zu erreichen sind, abweichend von Absatz 1 gestatten, daß die Totenbescheinigung von einer anderen geeigneten Person ausgestellt wird.
(3) Die Todesbescheinigung ist von einem Arzt des für den Sterbe- oder Auffindungsort zuständigen Gesundheitsamtes auszustellen, wenn kein Arzt oder keine andere geeignete Person nach Absatz 2 tätig wird.

(4) Die Leichenschau hat sich insbesondere darauf zu erstrecken,
1. ob und wann der Tod eingetreten ist,
2. ob der Tote eines natürlichen Todes infolge einer bestimmt zu bezeichnenden Krankheit gestorben und wegen dieser Krankheit behandelt worden ist,
3. aus welcher sonstigen Ursache der Tod eingetreten ist und
4. ob Umstände vorliegen, die Maßnahmen zur Abwehr von Seuchen nach dem Bundes-Seuchengesetz vom 18. Juli 1961 (BGBl. I S. 1012), zuletzt geändert durch Gesetz vom 9. Juni 1975 (BGBl. I S. 1321), erfordern.

(5) Die Leichenschau ist möglichst bald, spätestens jedoch binnen 24 Stunden nach Erhalt der Anzeige über den Todesfall vorzunehmen.

(6) Stellt die die Leichenschau durchführende Person Anzeichen dafür fest, daß der Verstorbene nicht eines natürlichen Todes gestorben ist oder erlangt sie von Umständen Kenntnis, die den Verdacht eines nicht natürlichen Todes begründen, so hat sie die nächste Polizeidienststelle unverzüglich zu benachrichtigen.

§ 4 Bestattungsfrist

(1) Die Leiche darf frühestens 48 Stunden nach Eintritt des Todes bestattet werden. Die zuständige Behörde kann aus gesundheitlichen Gründen eine frühere Bestattung zulassen oder anordnen.

§ 18 Ordnungswidrigkeiten

Ordnungswidrig nach § 172 Abs. 3 des Landesverwaltungsgesetzes handelt, wer
1. entgegen § 4 Abs. 1 und 2 eine Todesbescheinigung ausstellt,
2. entgegen § 4 Abs. 1 eine Leiche vor Ablauf von 48 Stunden nach Eintritt des Todes bestattet.

Bibliographie

Ein ausführlicher Quellennachweis würde den Rahmen sprengen. Deshalb hier nur die wichtigsten Werke und Veröffentlichungen, die für »Scheintot begraben« herangezogen wurden.

BRUHIER, Jacques Jean: Abhandlung von der Ungewißheit der Kennzeichen des Todes, und dem Misbrauche, der mit übereilten Beerdigungen und Einbalsamirungen vorgeht, Leipzig und Coppenhagen, 1754

DIETRICH, Heinz: Über Taphophobie und Auferstehungswahn, Schweizer Archiv für Neurologie, Neurochirurgie und Psychiatrie, Bd. 120, Heft 2/1977

GERLACH, J.: Individualtod – Partialtod – Vita reducta, Münchner Medizinische Wochenschrift, Nr. 16/1968

GÜTGEMANN, A. und KÄUFER, C.: Der Scheintod, Deutsche Medizinische Wochenschrift, Nr. 13/1970

HUFELAND, Christoph Wilhelm: Der Scheintod oder Sammlung der wichtigsten Thatsachen und Bemerkungen darüber, Berlin 1808

MÄTZLER, Armin: Ärztliche Todesbescheinigungen für Lebende, Kriminalistik Heft 4/1978

MÄTZLER, Armin: Über Schwachstellen im Leichenwesen, Kriminalistik Heft 5/1978

MALLACH, Hans-Joachim u.a.: Bemerkungen zum Bestattungsgesetz von Baden-Württemberg, Medizinische Welt, Bd. 28, Heft 46/1977

MALLACH, Hans-Joachim u.a.: Vorschläge zur Novellierung der Leichenschaubestimmungen, Medizinische Welt, Sonderdruck Nr. 13/1978

MOEWES, C.: Ein Fall von Scheintod, Archiv für Kriminologie, Bd. 72, Heft 2/1920

MUELLER, Berthold: Gerichtliche Medizin, Springer-Verlag, Berlin-Heidelberg-New York 1975

PATAK, Martin: Die Angst vor dem Scheintod in der zweiten Hälfte des 18. Jahrhunderts, Dissertation, Zürich 1967

PIOCH, W.: Gesetzliche Grundlagen der Leichenschau - Gedanken zur Sorgfaltspflicht des ärztlichen Leichenschauers, Rheinisches Ärzteblatt, Heft 12/1978

PREVINAIRE, P. J. B.: Abhandlungen über die verschiedenen Arten des Scheintodes, Leipzig 1790

PROKOP, Otto u. GÖHLER, Werner: Forensische Medizin, Stuttgart 1976

RAUTENBERG, E.: Ein bemerkenswerter Fall von Scheintod, Deutsche Medizinische Wochenschrift, 45. Jahrgang/1919

SPENGLER, Juliane Brigitte: Über die ärztliche Leichenschau – Gedanken zur Vermeidung fehlerhafter Feststellung des Todes, Dissertation, Münster 1978

TEIGE, K. u. GERLACH, D.: Scheintot oder nur auf dem Schein tot?, Medizinische Welt, Bd. 26, Heft 4/1975

THÜRNAU, Dieter: Der Scheintod, Dissertation, Bonn 1972

ERSCHIENEN BEI R. S. SCHULZ

Frank Arnau
Watergate · Der Sumpf
DM 9,80

Dr. med. Max Bajog
**Wer raucht, denkt nicht –
wer denkt, raucht nicht**
DM 5,80

Joao Bethencourt
**Der Tag, an dem der Papst
gekidnappt wurde**
DM 9,80

Gudula Blau
NESSY
DM 18,–

Manfred Bockelmann
Magic Hollywood
DM 38,–

Claus E. Boetzkes
Scheintot begraben
DM 9,80

*Prof. Dr. med. F. W. Dittmar
Dr. med. H.-P. Legal*
Frauenheilkunde von heute
Die Mutterschaft
DM 22,80

Werner Egk
Die Zeit wartet nicht
DM 25,–

Anneliese Fleyenschmidt
Wir sind auf Sendung
DM 19,80

Ralph Gaïl
Der Dampfwolf
DM 12,80

Indira Gandhi
Indira Gandhi spricht
DM 22,–

Valeska Gert
Katze von Kampen
DM 14,80

Michael Graeter
Wer ist was in München
DM 9,80

Michael Graeter
Leute · Bd. I und II
je DM 69,–

Erich Helmensdorfer
Die große Überquerung
DM 12,80

Erich Helmensdorfer
Westlich von Suez
DM 26,–

Erich Helmensdorfer
Hartöstlich von Suez
DM 22,80

Otto Hiebl
Immer wieder München
DM 9,80

Otto Hiebl
schön daß es München gibt
Broschiert DM 9,80
Leinen DM 14,80

Werner Höfer
Knast oder Galgen?
DM 24,–

ERSCHIENEN BEI R. S. SCHULZ

Werner Höfer
Starparade – Sternstunden
DM 36,–

Werner Höfer
Deutsche Nobel Galerie
DM 25,–

Curt Hohoff
Die Nachtigall
DM 22,–

Friedrich Hollaender
Ärger mit dem Echo
DM 13,80

Hermann Kesten
**Revolutionäre
mit Geduld**
DM 26,–

Horst Knaut
Propheten der Angst
DM 9,80

Hansjoachim W. Koch
**Geschichte
der Hitlerjugend**
DM 25,–

Manfred Köhnlechner
Die Managerdiät
DM 9,80

Karl-Heinz Köpcke
**Bei Einbruch
der Dämmerung**
DM 25,–

Karl-Heinz Köpcke
**Guten Abend, meine
Damen und Herren**
DM 19,80

Peter Kreuder
**Nur Puppen haben
keine Tränen**
DM 25,–

Hardy Krüger
**Wer stehend stirbt,
lebt länger**
DM 26,–

Leopold von Bayern
Ein Prinz erzählt
DM 23,–

Karl Lieffen
**»Was fällt Ihnen ein –
Lieffen«**
DM 22,80

Filadelfo Linares
**Die Revolution bei
Tocqueville und Marx**
DM 22,50

Filadelfo Linares
**Beiträge zur negativen
Revolutionstheorie**
DM 22,50

Georg Lohmeier
Gspenstergschichten
DM 19,80

Georg Lohmeier
**Geschichten
für den Komödienstadel**
DM 19,80

Angelika Mechtel
Ein Plädoyer für uns
DM 25,–

ERSCHIENEN BEI R. S. SCHULZ

Angelika Mechtel
Die Blindgängerin
DM 25,-

Angelika Mechtel
Das gläserne Paradies
DM 25,-

Angelika Mechtel
Friß Vogel
DM 25,-

Peter de Mendelssohn
Das Gedächtnis der Zeit
DM 25,-

Werner Meyer
Götterdämmerung
April 1945 in Bayreuth
DM 22,-

Werner Meyer
Carl Schmidt-Polex
Schwarzer Oktober
17 Tage Krieg um Israel
DM 9,80

Peter Norden
Das Recht der Frau auf zwei Männer
DM 16,80

Erik Ode
Der Kommissar und ich
DM 25,-

Heinz Piontek
Dunkelkammerspiel
DM 14,80

Heinz Piontek
Leben mit Wörtern
DM 19,80

Birte Pröttel
Ein Zwilling kommt selten allein
DM 9,80

Herbert Reinecker
Feuer am Ende des Tunnels
DM 25,-

Herbert Reinecker
Das Mädchen von Hongkong
DM 19,80

Hans Riehl
Als Deutschland in Scherben fiel
DM 9,80

Luise Rinser
Wenn die Wale kämpfen
DM 16,80

Luise Rinser
Dem Tode geweiht?
DM 25,-

Luise Rinser
Wie, wenn wir ärmer würden
DM 16,80

Luise Rinser
Hochzeit der Widersprüche
DM 21,-

Johannes Rüber
Wer zählt die Tage
DM 19,80

ERSCHIENEN BEI R. S. SCHULZ

J. L. Salcedo-Bastardo
Simón Bolívar
DM 26,–

Jürgen v. Scheidt
Der geworfene Stein
DM 25,–

Karlfriedrich Scherer
Alter(n) ohne Angst
DM 9,80

Karlfriedrich Scherer
Essen + Trinken
250,– DM monatlich für
eine Familie mit einem Kind
DM 9,80

Peter Schmidsberger
Skandal Herzinfarkt
DM 25,–

Franz Schneider
Der Baum der Erkenntnis
DM 9,80

Rolf S. Schulz
Die soziale und rechtliche
Verpflichtung des Verlegers
DM 7,80

Hannelore Schütz
Ursula v. Kardorff
Die dressierte Frau
DM 14,80

Dieter Sinn
Besondere Kennzeichen:
Augen katzengrün
DM 25,–

Sigi Sommer
Das kommt nie wieder
DM 23,–

Monika Sperr
Die dressierten Eltern
DM 16,80

Jean Starobinski
Besessenheit und
Exorzismus
DM 12,80

Josef Steidle
I sag's wia's is
DM 9,80

Helene Thimig-Reinhardt
Wie Max Reinhardt lebte
DM 26,–

Karin Tietze-Ludwig
Zusatzzahl 13
DM 9,80

Luise Ullrich
Komm auf die Schaukel Luise
Balance eine Lebens
DM 25,–

Gerhard Zwerenz
Wozu das ganze Theater
DM 23,–